Seit dem Tod seines Vaters redet der neunjährige Toby nur noch mit seiner Mutter. Deshalb hat er keine Freunde und ist oft einsam. Auch Bengt Brodersen, der ältere Herr, der nach dem Tode seiner Frau nach Sylt gezogen ist, ist einsam. Als Toby und Bengt sich näher kennen lernen, ist dies der Beginn einer wunderbaren Freundschaft. Und um das zu beweisen, will Toby sogar bei der Weihnachtsfeier in der Schule ein Gedicht aufsagen . . .

Eine rührende Weihnachtsgeschichte mit einem Weihnachtsrätselgedicht von Robert Gernhardt, die beweist, dass viele Wünsche auch heute noch vom Weihnachtsmann erfüllt werden.

Robert Clausen studierte Volkswirtschaft und Publizistik und hat sieben Jahre in New York gelebt und als Journalist gearbeitet. Seit drei Jahren lebt er wieder in Hamburg oder in dem von seinem Großvater geerbten Haus auf Sylt.

Von Robert Clausen sind auch die beiden Bände ›Als die Zeit im Sterben lag‹ (Bd. 16302) und ›Das strenge Herz des Todes‹ (Bd. 16303) im Fischer Taschenbuch Verlag lieferbar.

Unsere Adresse im Internet: www.fischerverlage.de

Robert Clausen

Die Weihnachts-überraschung

Roman

Mit einem eigens für dieses Buch
geschriebenen Gedicht von
Robert Gernhardt

Fischer Taschenbuch Verlag

Veröffentlicht im Fischer Taschenbuch Verlag,
einem Unternehmen der S. Fischer Verlag GmbH,
Frankfurt am Main, November 2006

Lizenzausgabe mit freundlicher Genehmigung des
Scherz Verlags, ein Verlag der S. Fischer Verlag GmbH,
Frankfurt am Main

Dieses Buch wurde vermittelt durch die
Literarische Agentur Thomas Schlück GmbH, Garbsen.
Gesamtherstellung: Ebner & Spiegel, Ulm
Printed in Germany
ISBN-13: 978-3-596-16530-8
ISBN-10: 3-596-16530-X

Eigentlich bin ich ganz anders,
nur komm ich so selten dazu.

Ödön von Horváth

Und jedem Anfang
wohnt ein Zauber inne.

Hermann Hesse

Und jeden Morgen rufst du:
Segelt weiter! Segelt weiter! Segelt weiter!
Immer weiter.

Joaquin Miller

1.

Bengt Brodersen sah durch den niederprasselnden Regen, wie sein Leben verladen wurde. Gekonnt rangierte der Fahrer den Umzugslaster an der Verladestation Niebüll auf den Plattformanhänger des Zuges, der sie nach Sylt bringen würde.

Es war der letzte Tag im Oktober, aber er war mitnichten golden, sondern nasskalt und windig. Die Bahn hatte eine vollkommen neue Abfertigung für den Autozug nach Sylt gebaut und Bengt hatte sich überhaupt nicht zurechtgefunden.

Er hatte geflucht, als er seine Chipkarte an ein Sensorenfenster pressen musste, damit sich die Schranke vor ihm öffnete und er das Verladegelände befahren konnte.

Der Regen ließ die Technik nicht funktionieren, sodass Bengt aus seinem Wagen aussteigen, Karte und Sensor trockenreiben musste, um durchzukommen. Noch hatte der Laster nicht seine Position auf dem Wagen eingenommen und es warteten noch andere Lastzüge auf die Verladung, aber schon bald würden auch die wenigen Personenwagen auf den Autozug verladen werden und dann ging es unwiderruflich los nach Sylt.

Bengt Brodersen war mulmig geworden, als er nur eine Einfachkarte löste, aber er hatte sich vorgenommen, das Festland in absehbarer Zeit nicht wieder zu betreten, nun, da er sich vorgenommen hatte, auf Sylt zu leben und nicht mehr in Hamburg. »Dein Leben passt in einen Laster, das ist alles, mein Lieber« – bei diesem Anflug von Melancholie musste er lächeln und wusste doch, dass etwas Wahres an diesem Gedanken war.

Über ein Jahrzehnt war er nicht mehr auf der Insel gewesen, wenn man von seinem Besuch im Mai zu Annegrits Beerdigung absah, aber da war er mit dem Flugzeug von Hamburg gekommen und nicht mit dem Wagen.

Und es war auf dem Friedhof gewesen, dass sich der Gedanke, nach Sylt zu ziehen, in ihm festsetzte.

Wie auf einer Drehbühne präsentierte sich ihm während der Trauerfeierlichkeiten sein Leben in verschiedenen Szenen. Ihre Hochzeit, die Geburt von Lilly und Justus, den Zwillingen, sein beruflicher Aufstieg mit der von ihm gegründeten Literatur-Agentur und, ja, und dann Lillys gewaltsamer Tod in New York. Die Entfremdung von Annegrit und Justus, sein Leben, das nur noch aus Beruf und nochmals Beruf bestand. Und schließlich der Anruf der Haushaltshilfe von Annegrit, die ihm mitteilte, dass sie seine von ihm getrennt lebende Frau am Morgen tot in ihrem Atelier gefunden hätte.

Als er eine Hand voll Erde und einen kleinen Strauß Vergissmeinnicht auf Annegrits Sarg warf, da hatte er sich bereits entschlossen, seinem bisherigen Leben den Rücken zu kehren und etwas anderes zu beginnen. Was, das wusste er nicht, nur dass er es wollte, das war ihm innere Gewissheit.

Die restlichen Stunden des Tages war er stumm durch das großzügige Haus in Kampen gewandert, das Annegrit von ihren Eltern geerbt hatte. Er hatte sich gescheut, Dinge zu berühren.

Überall an den Wänden hingen oder standen Zeugen von Annegrits künstlerischem Schaffen, sie war eine sehr gute Malerin gewesen, hatte Ausstellungen gegeben, aber nichts verkauft, sondern nur verschenkt.

Galeristen waren irre an ihr geworden, aber sie konnte es sich leisten, denn sie hatte genug geerbt, um ihr Leben nach eigenem Gutdünken führen zu können.

»Das Malen ist mein Stück Freiheit«, hatte sie immer gesagt, »ich werde es niemals ›verkaufmannilisieren‹. Es ist und bleibt meine Spielwiese.«

Nachdem Bengt seine Wanderungen durch das stille Haus beendet hatte und sich klar darüber geworden war, was umgebaut und renoviert werden musste, damit er hier leben konnte, rief er einen Architekten an, der noch am gleichen Abend vorbeikam.

Sie besprachen alles bei mehreren Flaschen Rotwein, und der Architekt schwor alle Eide, dass das Haus zum 15. Oktober in neuem Glanz erstrahlen würde.

Bengt erstellte eine Liste, welche Möbelstücke wieder hingestellt und welche in den Keller gebracht werden sollten, außerdem bat er den Architekten, alle Bilder sicher und trocken in Annegrits Atelier zu lagern. An diesem Raum sollte nichts verändert werden.

Bengt und der Architekt verließen das Haus gemeinsam, und als Bengt die Tür abgeschlossen hatte, übergab er ihm den Schlüssel.

Der Architekt brachte Bengt und seine kleine Reisetasche in ein nahe gelegenes Hotel, wo sie sich verabschiedeten. Am nächsten Morgen war er dann nach Hamburg zurückgeflogen und hatte begonnen, die Weichen seines Lebens anders zu stellen.

Bengt Brodersen, siebenundfünfzig Jahre alt, mit kurzem Salz-und-Pfeffer-Haar, nicht dick und nicht dünn, aber doch mit einem Embonpoint versehen, presste seine Stirn gegen das Lenkrad seines Wagens und horchte auf das aufgeregte Ratschen des Scheibenwischers.

Der Lastwagen mit den Artefakten seines Lebens war zum Stillstand gekommen, nun rangierte sich ein Lebensmitteltransporter ein.

Bengt Brodersen liebte Sylt, hier war seine Mutter geboren worden, und Bengt hatte auf der Insel sogar für eine gewisse Zeit die Schulbank gedrückt, damals, nachdem sein Vater, ein britischer Besatzungssoldat, seine Geliebte und sein uneheches Kind über Nacht sang- und klanglos verlassen hatte.

Voller Panik hatte Meike Brodersen mit ihrem Sohn Hamburg Richtung Sylt verlassen und bei ihrer Tante Henrike Unterschlupf gefunden.

Brodersens Großeltern waren bei den schweren Bombenangriffen auf Hamburg ums Leben gekommen.

Bengt hatte nie in seinem Leben Kontakt zu seinem Vater gehabt und es auch nie in seinem späteren Leben versucht, etwas über seinen Erzeuger zu erfahren. Und er begriff sehr schnell, dass er seiner Mutter einen großen Gefallen tun würde, wenn er das Thema umging. Er lernte es, wenn auch mit Schmerzen – aber er tat es seiner Mutter zuliebe. Wenige Stunden vor ihrem Tod sprach sie das Thema von sich aus an. Jeden Abend besuchte Bengt seine Mutter im Krankenhaus. Sie war dehydriert gewesen, als er sie auf dem Fußboden ihrer Wohnung fand. Offensichtlich hatte sie über Wochen Medikamente falsch oder gar nicht eingenommen, und außerdem stellten die Ärzte einen kontinuierlichen Blutverlust über den Darm fest. Der Grund dafür war nicht festzustellen, aber es war dieser Verlust, der sie zu Tode geschwächt hatte. Bengt hatte sich vorgeworfen, dass er die Situation nicht begriffen hatte, und auch die Beruhigungsversuche der Ärzte, die ihm sagten, dass ihn keine Schuld träfe, vermochten ihn nicht zu beruhigen.

Es war immer ein heikles Unterfangen für Bengt

gewesen, mit seiner Mutter über ihren Gesundheitszustand zu sprechen, sie war eine ungewöhnlich selbständige Frau, die es hasste, wenn ihr »reingeredet« wurde oder sie sich gar »bevormundet« wähnte.

Die Frage, ob sie ihre Medikamente auch eingenommen hatte, konnte in einer ordentlichen Auseinandersetzung münden. Also versuchte Bengt es »von hinten durch die Brust ins Auge«, wie seine Mutter sein verstecktes Aushorchen nannte. Allerdings auch nur mit mäßigem Erfolg.

An jenem Abend griff seine Mutter mit ihrer Hand, die sich kalt und papieren anfühlte, nach seiner.

»Ach Junge«, sagte sie, »ich würde dir ja gern etwas über deinen Vater erzählen, aber die traurige Wahrheit ist, ich weiß nichts. Ich weiß, dass er mit Vornamen Morgan hieß, das konnte ich leicht aussprechen – einfach Morgen eben. Seinen Nachnamen habe ich nie richtig verstanden, irgendetwas mit einem O' davor, doch sicher bin ich mir nicht. Ich habe ja nie Englisch gelernt. Aber sicher ist, dass er mir das Schönste dagelassen hat, als er verschwand. Dich ...«, ihrer alten Brust entwich ein Seufzer und in ihren Augen lag ein Strahlen.

»Ich liebe dich sehr, mein Junge«, sagte seine Mutter.

»Ich dich auch«, sagte Bengt und fühlte sich hilflos, weil solche Gefühlsäußerungen eigentlich untypisch für seine Mutter waren.

»Ja, warum ist es so gekommen?«, fragte seine Mutter sich selbst. »Ich glaube, die Wahrheit ist ganz einfach. Es war Krieg, meine Eltern starben im Bombenhagel. Dann war der Krieg vorbei und ich allein auf der Welt. Und so einsam, da ist . . .«

»Schon gut, Mutter«, hatte Bengt gesagt und vorsichtig die alte Hand gedrückt, »du musst jetzt schlafen und wieder zu Kräften kommen.«

»Ja, ich muss jetzt schlafen. Geh jetzt, Bengt.«

Er war aufgestanden, hatte seiner Mutter einen Kuss auf die Wange gedrückt und war gegangen.

Am nächsten Morgen gegen sieben weckte ihn ein Anruf der Stationsschwester, die ihm mitteilte, dass seine Mutter in den frühen Morgenstunden für immer und ewig eingeschlafen sei.

Zu seiner Verwunderung muste Bengt erfahren, dass seine Mutter schon mit dem Pastor ihrer Gemeinde über ihren Tod gesprochen und ihn gebeten hatte, einige Worte in der Aussegnungshalle zu sprechen. Dazu hatte sie ihn mit spärlichem Material über ihre Lebensgeschichte versorgt. Bengt und seine Mutter hatten keine weitere Familie, seine Mutter, die sehr zurückgezogen lebte, keine Freundinnen.

So sah sich Bengt mit der Situation konfrontiert, dass er ganz allein dem Pastor zuhören würde, nachdem ihm Annegrit mitgeteilt hatte, dass sie sich geschworen hatte, nach Lillys Tod nur noch auf ihrer eigenen Beerdigung anwesend zu sein.

Sein Sohn Justus wollte keinen Kontakt mehr zu

seinem Vater, so unterließ Bengt es, ihm den Tod der Großmutter mitzuteilen, er wusste ja auch überhaupt nicht, wo Justus lebte. Aber Bengt vermutete, dass Justus durch Annegrit vom Tod von Oma M. erfahren würde. Oma M., so hatten die Kinder seine Mutter genannt.

Da das Lieblingslied seiner Mutter Hildegard Knefs »Für mich soll's rote Rosen regnen« gewesen war, ließ Bengt die Kapelle mit roten Rosen und vielen Kandelabern ausschmücken, bestellte ein kleines Orchester, das die anderen Lieblingsmelodien seiner Mutter spielen musste, bis dann am Ende Hildegard Knef aus der Konserve die roten Rosen über seine Mutter regnen ließ.

Kaum war das Lied verklungen, nahm das Orchester die Melodie nochmals auf und die Träger hoben den Sarg an und trugen seine Mutter zu ihrem Grab.

Hinter Bengt hupte es, er nahm den Kopf vom Lenkrad, schlug die Augen auf. Durch die regennasse Scheibe sah er einen der Verlader in Öljacke, der ihn mit Handbewegungen aufforderte, endlich auf den Zug zu fahren.

Bengt fuhr an, in einer guten halben Stunde würde er auf Sylt sein.

2.

Als der Zug durch Morsum fuhr, hatte es aufgehört zu regnen, der Himmel hatte aufgeklart und die Sonne brach durch.

Bengt fühlte einen Moment der Ruhe in sich und tat die Überlegung, ob er mit dem Umzug richtig gehandelt hatte, mit einem Kopfschütteln ab.

Aber, was sollte er den lieben langen Tag hier tun? Vor dem Haus sitzen und den Horizont mit den Augen absuchen? Ein Buch schreiben oder vielleicht einen Batikkurs an der Volkshochschule absolvieren? Was hatte er in seinem Leben gehabt außer seinem Beruf? Nichts, nur sein Interesse an Büchern. Er spielte weder Golf, noch trieb er eine andere Sportart. Er sammelte keine Briefmarken, er hatte auch nicht begonnen, eine Leidenschaft für Modelleisenbahnen zu entwickeln. Die gruselige Wahrheit war, dass er eine Woche vor seinem Umzug den Antiquar Mitzschke angerufen und zu einem Gespräch in sein Haus gebeten hatte.

Verwundert hatte der Mann der alten Bücher den Termin wahrgenommen.

Als sie zusammen in Bengts Bibliothek saßen und die großen Rotweingläser in den Händen hielten, sagte Bengt: »Nun tun Sie mir bitte den Gefallen und gehen Sie diese endlosen Bücherregale ab, schauen Sie sich alles in Ruhe an, und wenn Sie genug gesehen und geprüft haben, dann sagen sie mir, was Sie mir für den ganzen Ramsch zahlen.«

»Ramsch? Sie wollen Ihre einmalige Bibliothek verkaufen?«, fragte der Antiquar.

»Ja, das will ich. Ich ziehe um und das tue ich mit leichtem Gepäck.«

Es dauerte gut zwei Stunden und einige weitere Glas Rotwein, bis der Antiquar eine Summe nannte, die Bengt sofort akzeptierte. Ohne weiteres handeln. Der Antiquar und er kannten sich schon lange, und wenn Bengt nicht vollkommen danebenlag, respektierten sie sich beide und in gewisser Weise mochten sie sich auch.

Im Verlaufe des weiteren Abends sprachen sie jedoch so dem Rotwein zu, dass die Frau des Antiquars gerufen wurde, um ihren Mann abzuholen.

Allerdings schlug auch dieser Versuch, den Verkauf von Bengts Bibliothek in einem bürgerlichen Rahmen zu halten, fehl.

Gemeinsam verloren sie sich in Erinnerungen, sprachen darüber, wie sie sich kennen gelernt hatten, was der eine über den anderen gedacht und vermutet hatte und tausenderlei andere Dinge – bis weit in die tiefe Nacht.

Nein, sie waren nicht so weit gegangen, sich das »du« anzubieten, aber als die Mitzschkes in früher

Stunde sein Haus mit einem Taxi verließen, da lag eine ungewöhnliche Wärme für einen jungen, kalten Oktobermorgen in der Luft.

So kam es, dass Bengt Brodersen nur mit einem einzigen Buch nach Sylt umzog, jenem verknautschten Taschenbuch, das er auf die Rückbank seines Autos geworfen hatte und in dem er hin und wieder, eher lustlos, las. Meistens, bevor er das Licht in seinem Schlafzimmer für die Nacht löschte.

Der Architekt wartete bereits vor dem Haus, als Bengt mit dem Umzugslaster im Schlepptau vor dem Haus vorfuhr. Bengt parkte seinen Wagen außerhalb an der Straße, damit der Laster die ganze Auffahrt zum Haus nutzen konnte.

Mit der Überzeugung im Lächeln, dass er alles zu Bengts Zufriedenheit erledigt hatte, begrüßte der Architekt Wolfgang Martens seinen Kunden.

»Kommen Sie rein, Herr Brodersen«, sagte Martens und fasste Bengt leicht am Arm, »alles, aber auch alles ist fertig. Keines der Gewerke hat eine Verzögerung gehabt. Und sauber ist es auch. Sie können vom Boden essen. Das hier ist zur Begrüßung«. Der Architekt wies in der neuen Küche auf einen mit Eis gefüllten Kühler, aus dem der Hals einer Magnumflasche Champagner ragte.

»Ich danke Ihnen«, sagte Bengt, »ich danke Ihnen sehr.«

»Aber zuvor geht's auf eine Besichtigungstour und für die Herren vom Umzugsunternehmen kommt jeden Moment eine Fuhre belegter Brötchen zu Mittag.«

Nach einer guten halben Stunden kamen sie wieder zurück in die Küche, wo die drei Umzugsleute bei Bier und Brötchen saßen. Sie mussten an diesem Abend nicht nach Hamburg zurückfahren, sondern würden die Nacht auf Sylt verbringen. Denn Bengt hatte vereinbart, dass sie ihm auch beim groben Einräumen helfen sollten.

Gegen elf Uhr abends stand einiges schon an seinem Platz. Erst jetzt wurde Bengt bewusst, wie viel er doch weggegeben oder verkauft hatte.

Er war tatsächlich mit leichtem Gepäck in sein neues Lebens gestartet. Nur seine privaten Papiere mussten noch geordnet werden.

Die Möbelleute hatten sich schon seit gut einer Stunde verabschiedet, da ging Bengt mit einem Glas Rotwein in der Hand durch sein neues Reich. Es war still, nur den Wind hörte er, der aufgefrischt hatte.

»Ach, übrigens«, hatte der Architekt beim Abschied gesagt, »wir haben alle Dinge, die in den Keller oder ins Atelier sollten, genau dorthin gebracht. Bevor ich's vergesse, im Atelier steht separiert ein Konvolut mit Bildern, daran hängt ein Umschlag mit Ihrem Namen drauf. Wissen Sie davon?«

»Nein, davon weiß ich nichts, aber ich werde es mir ansehen, später ...«, hatte Bengt gesagt und dem Architekten die Hand geschüttelt.

3.

Merit Soerensen war mit ihren dreiunddreißig Jahren eine aparte, attraktive, aber auch traurige Frau.

Sie stand im ersten Stock des Hauses ihrer Mutter und starrte sich im Spiegel mit ihren dunklen Augen an.

Unten in der Küche hantierte ihre Mutter, um das Frühstück zu bereiten, in dem kleinen Raum neben dem Badezimmer schlief Merits Sohn, Toby, der mit seinen neun Jahren ein aufgeweckter, liebevoller Junge war. Er hatte an vielen Dingen Interesse und konnte ausgezeichnet lesen. Er las Bücher, las die Zeitung, überflog jeden Prospekt, der ins Haus geflattert kam. Nur leider sprach Toby nicht, oder, um genau zu sein, er sprach nur mit seiner Mutter und mit seiner Oma, Lille Tamm.

Eigentlich sprach er auch nicht, meistens war es ein Flüstern. Musste Toby mit seiner Mutter oder Oma sprechen und andere Leute waren dabei, dann drängte sich Toby ganz dicht an sie heran und sagte, was er ihnen zu sagen hatte, direkt ins Ohr. Und damit auch keines seiner Worte an eines anderen Menschen Ohr dringen konnte, schirmte er seinen Mund und das Ohr seiner Zuhörerin mit seiner kleinen Hand ab.

Toby hatte nie viel gesprochen, aber so, wie es jetzt war, war es früher nicht gewesen. Merit war fest davon überzeugt, dass sich Tobys Sprachverhalten verschlechtert hatte, als er mit seinem betrunkenen Vater am Steuer diesen schweren Autounfall hatte, bei dem der Vater auf der Stelle tot war, der Junge aber wie durch ein Wunder ohne eine Schramme überlebte.

Sicher, Toby war ein schüchterner Junge, kein Draufgänger, aber auffällig war sein Verhalten nie gewesen. Vielleicht hatten ihn auch die Spannungen zwischen den Eltern stiller gemacht.

Merit nickte ihrem Spiegelbild zu und fuhr sich mit der Bürste durchs Haar. Ihre Ehe mit Nicolaus hatte unter keinem guten Stern gestanden, er war ein agiler Geschäftemacher, der jeden dritten Tag eine neue Idee hatte, die sie endlich reich und glücklich machen würden. Nur fehlten ihm leider immer die Ausdauer und der Blick auf die Realitäten des Lebens.

Sie besaßen einen viel zu großen Wagen, einen, den sie sich überhaupt nicht leisten konnten. Aber Nicolaus war der festen Überzeugung, dass derjenige, der im Geschäftsleben was darstellen wollte, nicht mit einem verschruppten Opel Corsa vorfahren konnte. Und überhaupt war das Leasing-Angebot so unglaublich günstig gewesen.

Nein, Nicolaus hatte die Kurve nie bekommen.

Auch zum Schluss nicht, als er sich nach einem feuchtfröhlichen Treffen mit seinen Kumpels auf dem Fußballplatz mit Toby betrunken ins Auto setzte und losbrauste. Auch da hatte er die Kurve nicht bekommen, der Wagen war ins Schleudern geraten, hatte sich überschlagen und war kopfüber in einem Waldstück gelandet und zum Stillstand gekommen. Mit einem zerquetschten Nicolaus und einem unversehrten Toby.

Nach der Beerdigung stand Merit vor einem Berg von Schulden, denn natürlich wollte die Bank, solange sie noch Geld gegeben hatte, auch die Unterschrift von Merit unter den Verträgen haben.

»Das haut voll hin, Kleines«, hatte Nicolaus gesagt, als sie den letzten Vertrag mit unterschrieb, »wirst schon sehen.«

Und voll hingehauen hatte es dann ja auch.

Merit legte die Bürste ab, sie war bereit für den Tag. Jetzt musste sie Toby wecken, damit er nicht zu spät zur Schule kam. Neben seiner großen Leidenschaft, Pilot zu werden, hatte Toby eine andere Leidenschaft, die Merit viel schlimmer vorkam. Toby fand abends nicht ins Bett und morgens nicht heraus.

Hätte ihr der befreundete Rechtsanwalt nicht so selbstlos geholfen, dann hätte es nach Nicolaus' Tod viel schlimmer für Toby und sie ausgesehen. Gerhard Nebel hatte mit Gott und der Welt, vor allen Dingen aber mit der Bank und der Versicherung verhandelt, und er hatte den Schuldenberg kleiner gemacht.

Knapp zwei Jahre noch musste Merit vierteljährlich eine kleine Summe abzahlen, dann war sie endlich wieder frei.

Sie war froh gewesen, als ihre Mutter ihnen anbot, doch von Flensburg zurück nach Sylt zu kommen. Im Haus ihrer Mutter gab es genug Platz für alle, Merit konnte ihrer Mutter bei der Vermietung an Feriengäste helfen, aber vor allen Dingen sparten sie die Miete. Und vielleicht würde ja Sylt auch beruhigend auf Toby wirken und auf seine Sprachhemmung.

»Ihr Sohn«, hatte damals die Schulpsychologin bei der Einschulung in Westerland gesagt, »leidet unter dem, was wir ›selektiven Mutismus‹ nennen. So viel wissen wir noch nicht darüber, aber wir glauben, es hat mit sozialer Angst zu tun und es scheint auch ein gewisses autoaggressives Verhalten beigemischt zu sein.«

»Autoaggressives Verhalten . . .?«, hatte Merit gefragt, »wie meinen Sie das?«

»Nun, der Mensch ist eigentlich ein soziales Wesen, er ist für die Einsiedelei nicht geschaffen. Der Mensch will kommunizieren, er will sich mitteilen, er will sich austauschen, er will teilhaben an der Welt, die ihn umgibt. Wenn nun ein Mensch sich dazu ›entschließt‹ – und legen Sie bitte das Wort ›entschließen‹ nicht auf die Goldwaage, Frau Soerensen – nicht zu reden, dann schließt er sich zum Teil aus der Gemeinschaft aus. Bestraft er sich dann selbst? Und wenn ja, wofür? Vielleicht ist es ein bisschen wie bei den Essstörungen, auch da ist der Mensch aggressiv gegen sich selbst . . .«

Merit waren Tränen in die Augen getreten und sie sah die Schulpsychologin an.

»Was habe ich denn bloß falsch gemacht?«, fragte Merit. »Wie hätte ich es verhindern können. Ich liebe meinen Jungen doch?«

». . . und er Sie auch, Frau Soerensen. Toby ist ein kleiner, aufgeweckter Mann, mit einem hohen IQ, aber er will eben nicht sprechen. Nur mit Ihnen und Ihrer Mutter. Sie müssen Geduld haben, lassen Sie ihn mitlaufen, schenken Sie seinem Verhalten keine allzu große Aufmerksamkeit und sagen Sie das auch seiner Lehrerin.

Das ist wichtig, sehr, sehr wichtig. Toby wird es in der Schule nicht einfach haben, denn eigentlich wird ja auch die mündliche Beteiligung bewertet. Aber wenn die Schule mitzieht, wird es besser werden. Vertrauen Sie.

Und sprechen Sie nicht von Schuld. Der Mensch kommt nicht als unbeschriebenes Blatt auf die Welt, so allgewaltig sind wir nicht, dass wir für alles Verantwortung tragen, was mit unseren Kindern geschieht.

Und natürlich stellt uns das Schweigen auf eine große Probe, zumal das Schweigen eines Kindes.

Jeder Mensch sehnt sich ab und an nach Stille,

nur wenn die Stille wirklich still ist, dann können wir es nicht sehr lange ertragen.

Aber freuen Sie sich auch ein bisschen, denn Toby spricht mit Ihnen und Ihrer Mutter, und, wie Sie sagen, plappert er manchmal zu Hause über Dinge, als würde es die Hemmung nicht geben. Es geht also.«

»Könnte der Autounfall die Hemmung verschlimmert haben?«, hatte Merit noch gefragt.

»Könnte ja, aber die meisten Dinge, die sich entwickeln, haben selten nur eine Ursache.«

Und es hatte wirklich gut geklappt mit der Schule, Tobys Klassenlehrerin war sehr verständnisvoll und engagiert und alle anderen Lehrer wirkten entsprechend mit. Die Befürchtung einiger Lehrer, dass Tobys Verhalten andere Kinder dazu verleiten könnte, nicht zu antworten, wenn sie etwas gefragt wurden, trat nicht ein.

Und manchmal, wenn Toby zu Hause geradezu redselig war, wie Merit und ihre Mutter es untereinander nannten, dann keimte in ihnen die Hoffnung auf, dass Toby sich auf dem Weg der Besserung befand. Aber wenn da wirklich Hoffnung war, dann befand sich der Keim noch tief in der Erde. Denn Freundschaften hatte Toby nicht geschlossen, nach der Schule kam er nach Hause, machte schnell seine Schularbeiten, spielte im Garten, versenkte sich in seine Bücher über Flugzeuge oder baute Modellflugzeuge zusammen. Hierbei hatte er sich eine erstaunliche Fähig- und Geschicklichkeit erworben.

Merit verließ das Bad und betrat Tobys Zimmer. Instinktiv zog sie den Kopf ein, damit sie nicht gegen eines der von der Decke baumelnden Modelle stieß, als sie zum Fenster ging und die Gardinen aufzog.

Der erste Novembermorgen ließ noch nicht viel von sich erkennen, noch war es dunkel. »Morgen, Schätzchen«, sagte Merit und strich Toby über sein sandfarbenes Haar. Das Licht der Nachttischlampe beschien die feinen Konturen seines jungen Gesichts. »Aufstehen.« Sie gab ihm einen Kuss auf seinen weichen, nach Schlaf duftenden Mund.

»Noch fünf Minuten, Mami«, murmelte Toby und öffnete die Augen.

»Nein, mein Herr, ich habe schon im Bad getrödelt, damit du etwas länger liegen kannst.«

»Nur fünf Minuten«, wiederholte Toby.

»Und so was will Pilot werden. Was glaubst du denn? Dass Piloten abfliegen können, wann sie wollen? Nein, Piloten haben ganz exakte Flugpläne, die müssen eingehalten werden. Dein Abflug zur Schule ist exakt in 42 Minuten, mein Lieber. Aber wie du weißt, ist das nicht alles, denn vorher ist noch das volle Programm von Anziehen bis Zähneputzen angesagt.«

Aber da war Toby schon an ihr vorbei gewutscht und ins Bad gerannt. Merit schüttelte die noch schlafwarme Decke auf und legte sie über das Bettende. Gerührt blickte sie auf den Abdruck auf dem Laken, den Tobys Körper hinterlassen hatte.

Aus dem Bad hörte sie das Rauschen der Toilette und gleich darauf, wie Toby den Wasserhahn aufdrehte. Sie wandte sich zur Treppe, um nach unten zu gehen, als Toby den gefüllten Zahnputzbecher aus Plastik umstieß und sich das Wasser über seine Füße ergoss.

»Scheiße«, sagte Toby laut und vernehmlich.

Wenn ich das jetzt positiv sehe, dachte Merit, dann war das eigentlich ein kleiner, ärgerlicher Schrei.

Und mit einem Lächeln ging sie nach unten.

4.

»Paula, nun komm doch mal. Millie greint hier die ganze Zeit in der Gegend rum und wartet auf dich, schließlich hast du ihr erzählt, dass du gleich wiederkommst. Und jetzt dauert es und dauert es.« Justus Brodersen bemühte sich, dass sein Ton nicht allzu genervt klang. In seiner linken Hand baumelte Millie, die Lieblingspuppe seiner bald siebenjährigen Tochter Paula.

»Here I am, Sir«, sagte Paula mit amerikanischem Akzent und rutschte mit Karacho auf Wollsocken über den »Pitch pine«-Boden auf ihren Vater zu.

»Tut mir Leid, Daddy, aber ich habe noch einiges zusammengepackt, denn wenn es morgen losgeht, muss ich ja fertig sein«, sagte Paula jetzt auf Deutsch, aber ihrer Aussprache war etwas amerikanischer Akzent beigemischt, und sie nahm ihrem Vater die Puppe ab.

»Ach, Millilein, du musst doch nicht weinen, wenn ich mal kurz nicht da bin. Ich habe eben viel zu tun, jetzt, wo wir nach Deutschland ziehen. Da kann ich mich nicht immer um dich kümmern«, sie gab der Puppe einen Kuss. »Dafür darfst du auch mit aufs Schiff, während die anderen Puppen in den Koffern schlafen, du hast es also besser, jetzt gehen wir zu Frank rüber, spielen im Garten und warten auf Hazel, okay?«

Hazel war Paulas Nanny und der Abschied von Hazel stand Justus noch bevor, und er würde tränenreich werden. Sehr tränenreich. Aber noch hielt sich Paula sehr gut oder war ihr die Tragweite des Geschehens noch nicht bewusst geworden?

»Dann geht jetzt rüber zu Frank«, sagte Justus zu Paula und Millie. »Ihr seht ja, wenn Hazel kommt.«

Justus öffnete sich ein Bier und ging durch die leeren Räume seines Hauses in Seattle. Justus Brodersen, der Computerspezialist, hatte sich entschlossen, nach Deutschland zurückzukehren. Über neun Jahre Exil waren genug, er hatte gutes Geld in den Jahren des Booms verdient, Spezialisten wie er, mit einem abgeschlossenen MIT-Studium, waren umworben gewesen und mit Aktienoptionen nur so überschüttet worden. Wenn sich auch nicht alle Träume erfüllt hatten, so waren doch auch nicht alle zerplatzt.

Nur seine Lebensgefährtin Yvonne, die Mutter von Paula, war ihnen abhanden gekommen. Als Paula zwei Jahre alt war. Yvonne, die Wanderin, wie Justus sie immer genannt hatte, war über Nacht verschwunden. Nicht das erste Mal, aber beim letzten Mal für immer. Sie hatte ihren Koffer gepackt, jenen, den sie auch bei sich hatte, als sie in Justus' kleines Appartement einzog. Sie hatten sich bei einem »Come Together« von Computerleuten kennen gelernt. Justus verliebte sich in ihre unabhängige Art, sie hatte nicht mehr als ihren Koffer und ihren Kopf – lebte mal hier, mal da. Als Yvonne mit Paula schwanger war, glaubte Justus, sie würde ruhiger werden, aber er hatte sich geirrt. Sie hatten viel über Abtreibung geredet, aber er war mit einer Heftigkeit gegen eine Abtreibung gewesen, die ihn selbst überraschte. Und er hatte alle Eide geschworen und gehalten, dass er für das Kind eintreten würde, hatte sich als Vater eintragen lassen und das Kind adoptiert, ein Rechtsanwalt seiner Firma hatte das geschickt eingefädelt, und Yvonne, die Wanderin, hatte es beruhigt.

Yvonne fand ein stetes Leben einengend, es tötete ihre Aktivität, sie fühlte sich nur frei, wenn sie keinerlei Verpflichtungen hatte.

»Ich habe genug Verpflichtungen in meinem Leben erfüllen müssen, ich kann es nicht mehr«, hatte sie eines Nachts zu Justus gesagt, und er hatte ihre Tränen auf seiner Brust gespürt. »Ich kann das nicht mehr«, weiter erklärte sie nichts, auch wusste Justus nichts über Yvonnes Leben, sie erzählte nicht, wo sie herkam, ob ihre Eltern noch lebten oder nicht, wer sie waren, ob sie Familie hatte oder nicht ... Yvonnne erzählte nichts, rein gar nichts.

Sie jobbte in Coffeeshops oder in Bars, sie nahm

die Arbeit an, die sich ihr bot. Sie war für Justus ein geheimnisvolles Wesen, ja, vielleicht war es das, was ihn an ihr so faszinierte. Dass sie besser mit der Bindungslosigkeit zurechtkam als Justus.

Und er hatte sich bemüht, damals, als seine Familie nach der Ermordung Lillys auseinanderbrach, das Leben allein zu meistern. Es war ihm gelungen, aber dennoch hatte es ihn geschmerzt, keine Bindungen zu haben. Die paar Freunde zählten nicht, sie konnten keine Familie ersetzen, einen Kreis von Menschen, die einen kannten, die sofort wussten, was gemeint war, wenn eine Geschichte von früher erzählt wurde. Die sich schon kannten, als die Haare noch nicht grau waren oder die Schuhe noch in Größe 32 gekauft wurden. Menschen, derer man sicher war, eben Menschen, denen man zutiefst verbunden war, für die man Verantwortung trug und die für einen Verantwortung trugen.

Er hatte sich so sehr bemüht, die Wurzeln aus früheren Bindungen aus sich herauszureißen, aber es war ihm nicht gelungen. Justus hatte selten mit seiner Mutter gesprochen, die sich auf Sylt eingeigelt hatte. Und vielleicht war es ihr Tod gewesen, der ihn aufgescheucht hatte, alles noch einmal zu überdenken.

Vom Tode seiner Mutter hatte er auf kuriose Weise erfahren. Eines Tages im Juni musste er ein Gespräch mit der deutschen Dependance seiner Firma in Hamburg führen. Als er schließlich bei dem zuständigen Mann landete, meldete sich Justus mit seinem Namen. Er hatte sich angewöhnt, auch mit den Deutschen nur Amerikanisch zu sprechen, selten wechselte er in die deutsche Sprache über, immer nur dann, wenn er das Gefühl hatte, seinem Gesprächspartner war nicht bis ins Letzte klar, was Justus von ihm wollte.

»Justus Brodersen?« Die Stimme des Mannes klang überrascht. »Sind Sie Deutscher ... aus Hamburg?«

»Ja, warum, wie kommen Sie darauf?«

»In meinem Abi-Jahrgang am Heilwig-Gymnasium war ein Justus Broderson, mein Name ist Oliver Knorr.«

»Olly ... mit diesem Ford Fiesta ... oder so ...?«, sagte Justus und spürte Heimweh.

»Genau der«, sagte Olly, »und ich war damals mit Iris zusammen.«

»Ach, Iris«, sagte Justus und dann unterhielten sie sich noch lange. Am Schluss dann sagte Oliver Knorr: »Du, das mit deiner Mutter tut mir Leid, ich habe die Todesanzeige im Abendblatt gelesen, tut mir wirklich Leid.«

»Ja, danke«, konnte Justus gerade noch herauspressen, dann legte er auf und ein Schluchzen drängte seinen Hals hinauf. Und die Tränen schossen ihm ins Gesicht, es waren so viele, dass er nur noch wie durch einen Schleier seine Jacke sah, als er sie, nach draußen stürzend, von der Garderobe riss.

Justus stand in seinem nunmehr ausgeräumten Schlafzimmer, viele Sachen hatte er verkauft oder verschenkt, nur ein kleiner Umzugscontainer würde in Hamburg ankommen. Morgen würden Paula und er nach New York fliegen, noch ein paar alte Freunde treffen und dann, ja, schon bald, würde es an Bord der QE2 gehen, die sie nach England bringen würde. Diesen Wunsch hatte sich Justus erfüllt. Er wollte Amerika verlassen, als ob er einem neuen Leben entgegensegelte, er wollte Zeit für den Weg haben, auch seine Seele sollte die Chance haben anzukommen. Von London aus würden sie dann nach Hamburg fliegen. Alles Weitere würde sich finden. Mit der Firmenleitung war abgesprochen, dass Justus sofort in Hamburg anfangen könnte, aber er hatte nur eine vage Zusage gemacht, zu oft hatte er in der letzten Zeit geschwankt, wenn er an Paulas und seine weitere Zukunft dachte.

Paula war seine ganze Familie. Er liebte sie, die kleinen Hände und Füße und den kleinen, geraden Rücken. Justus war fasziniert davon, wie sie die Welt sah, wie sie für ihre Puppen sorgte, mit welchen Fragen sie sich rumschlug, wie sie auch zornig sein konnte, denn Paula hatte, so klein sie auch noch war, etwas Resolutes und Forsches an sich. Sie ließ sich, wie seine Mutter es von anderen Menschen gesagt hatte, nicht die Butter vom Brot nehmen. Paula war sein Schatz.

Nein, es war ihm nicht gelungen, die Wanderin

zu halten oder gar zu ändern, aber Justus tröstete sich mit dem Gedanken, dass es wohl auch nicht gut gewesen wäre.

Yvonne war Yvonne, daran hatte auch er nichts ändern können.

Seit vier Jahren wusste er nicht, wo sie war und wie es ihr ging. Vier lange Jahre hatten es ihm aber auch ermöglicht, mit der Sache fertig zu werden. So, wie das Bild ihrer Mutter in Paula verblasst war, so löste sich das Bild Yvonnes von seinem Herzen ab, bis es nur noch Erinnerung war.

Später in der Nacht, als Hazel schon lange gegangen war, nahm Justus seinen Gang durch das leere Haus noch einmal auf. Er schlich leise in Paulas Zimmer, sie und Millie schliefen ruhig und mit kleinen, zufriedenen Gesichtern. Justus gab Paula einen Hauchkuss auf die Stirn, dann schloss er ganz behutsam die Tür.

Justus öffnete sich noch ein Bier und ging durch den Garten. Die Luft war noch angenehm, zurück im Wohnzimmer setzte er sich mitten im Raum auf den Holzfußboden. Wie würde es, zurück in Hamburg, werden? War diese Entscheidung zu gehen richtig? Lilly ermordet, Oma M. tot, seine Mutter gestorben. Jetzt gab es nur noch sie drei, seinen Vater, Paula und ihn.

Und was sollte er sagen, was sollte er seinem Vater sagen, wenn er ihm gegenüberstand? Ja, was sollte er sagen? Justus fuhr sich durch das Haar.

»Hallo, hier bin ich wieder, Papa?« Das klang doch blöd. Was musste er also sagen, was war die Wahrheit, was der wahre Grund für die Rückkehr? Heimweh? Ja, auch Heimweh. Aber das war nicht alles. Bei weitem nicht alles.

Paula natürlich, denn sie musste doch ihren Opa kennen lernen. Und er, Justus, war auch ein Grund, warum er zurück musste. Vielleicht sollte er zu seinem Vater sagen: »Papa, ich bin wegen meiner Erinnerungen gekommen und deinetwegen. Ich habe versucht, ohne Erinnerungen zu leben. Aber ich bin es so leid, ohne Erinnerung zu leben.«

5.

Bengt Brodersen verließ die Geschäftsstelle der SYLTER NACHRICHTEN in der Andreas-Dirks-Straße und ging zurück zur Friedrichstraße. Die Mitarbeiterin hatte seine Anzeige, in der er eine Haushaltshilfe suchte, und seinen Wunsch nach einem Abonnement mit einem Lächeln entgegengenommen.

»Da werden Sie aber einige Reaktionen bekommen, denn zur Zeit suchen viele etwas. Die Saison ist vorbei.«

»Soll mir recht sein«, sagte Bengt und bezahlte die Anzeige, in der er seine Telefonnummer angegeben hatte, gleich bar.

»Morgen steht Ihre Anzeige schon drin«, sagte die Frau.

»Ist mir auch recht«, sagte Bengt und verabschiedete sich mit einem »Moin, Moin«.

An diesem ersten Morgen auf Sylt hatte Bengt schon einiges erledigt, hatte ein Konto bei der Sparkasse eröffnet, einen dicken Pullover gekauft und sich mit Zeitungen eingedeckt. Jetzt war es zwei Uhr und er verspürte Hunger, er hatte den ganzen Tag noch nichts gegessen.

Auf der Friedrichstraße war nicht viel los. Es war ein schöner Tag mit strahlend blauem Himmel, aber auf Sylt konnte sich das schnell ändern.

Als er bei Gosch saß, bestellte er sich Rotbarschfilet mit Specksalat und ein Glas Riesling. Bengt Brodersen rang schon die ganze Zeit mit sich. Sollte er sich einen neuen Fernseher kaufen, ja oder nein? Das alte Gerät hatte er seiner Putzfrau geschenkt. Er hatte in den letzten Jahren in Hamburg auch schon wenig auf seinen Fernsehapparat gestarrt. Immer wenn er länger fernsah, und unwillkürlich blieb man ja doch kleben, fühlte er sich leer, so als hätte er eine Menge Schaum gegessen, die aber seinen Hunger nicht stillen konnte. Hunger wonach?

Wie würden überhaupt seine Abende hier werden? Würde er eine Winterdepression bekommen? Womit sollte er sich beschäftigen? Ach, das wird sich schon finden, dachte Bengt Brodersen. Ich gehe nachher zu H. B. Jensen und schaue mir Fernsehgeräte an, da wird wohl kein Kaufzwang herrschen.

Ein Mann und eine Frau, die neben ihm auf den hohen Hockern saßen und ebenfalls ein Mittagessen vor sich stehen hatten, unterhielten sich über einen Film, den sie gestern im Kino gesehen hatten.

Ins Kino könnte er auch gehen, wie lange war er nicht mehr im Kino gewesen? Zehn Jahre? Mindestens. Dabei war er in seiner Jugend ein großer Kinogänger gewesen, sein Geld war für Bücher und Kino draufgegangen. Aber irgendwann war das eingeschlafen. Bengt versuchte sich zu erinnern, aber seine Gedanken mäanderten zu sehr.

»Alles in Ordnung bei Ihnen? Möchten Sie noch einen Wein?«, fragte die Bedienung, ein junges, hübsches Mädchen, das sein wildes, blondes Haar zu einem Pferdeschwanz gezähmt hatte.

»Nein, bitte ein Wasser«, sagte Bengt, »gut gekühlt.«

»Na klar«, sagte die junge Frau und ging zur Bar.

Mehrere Kollegen hatten Bengt gefragt, ob das wirklich sein Ernst sei, als sie von seinen Verkaufsabsichten hörten und dann erfahren mussten, dass er seine Agentur tatsächlich an zwei seiner Mitarbeiter verkauft hatte. Mit einem wirklich schönen Vertrag, wie Bengt fand.

»Ja, ich will verkaufen«, hatte er zu seinem Kollegen Walter Huffleder gesagt, der seine Agentur in Zürich betrieb.

»Aber das ist doch ein Beruf, den du auch noch im hohen Alter ausüben kannst, Bengt. Warum trittst du nicht nur ein bisschen kürzer, lässt deine Jungs in Hamburg arbeiten, und du daddelst ein bisschen auf Sylt rum. Kannst ja einen kleinen Kreis von deinen Star-Autoren weiter vertreten. Das würde prächtig laufen, wenn das ›back-office‹ steht.«

»Sicher«, sagte Bengt, »das könnte funktionieren. Bei anderen, aber nicht bei mir. Ich bin nicht der Typ dazu, Walter, bei mir ist es ganz oder gar nicht, schwarz oder weiß. Wenn ich dabei bin, bin ich dabei. Dann kümmere ich mich um alles, will alles wissen. Nenne es Verantwortung oder wie auch immer. Wenn ich weg bin, bin ich weg. Aus den Augen, aus dem Sinn, verstehst du. Damit komme ich besser zurecht. Wenn die Agentur verkauft ist, dann gehört sie mir nicht mehr. Fertig aus, dann muss ich mir keine Gedanken mehr machen. Ich kann mir eben nur viele Gedanken machen oder keine. Weniger Gedanken gehen bei mir nicht. Wenn schon, dann will ich die Verantwortung auch los sein.«

»Aber Bengt, die Agentur ist doch auch dein Lebenswerk.«

»Das magst du so sehen Walter, aber solche hehren Gedanken wie Lebenswerk haben mir noch nie gelegen. Meine Arbeit hat mir Spaß gemacht – aber ein Lebenswerk wollte ich nie hinterlassen. Vielleicht habe ich mich auch einfach an den Büchern abgearbeitet. Vielleicht ist die Leidenschaft für meinen Beruf erkaltet«, hatte Bengt zum Abschied dem zweifelnden Huffleder gesagt.

»Ein Mineralwasser, bitte sehr«, sagte die Bedienung und stellte Bengt das Glas hin.

6.

Der kleine Junge zog Brodersen sofort in seinen Bann, als er in der Abteilung für Fernsehgeräte angekommen war. Statt sich die Fernseher anzuschauen, starrte er fasziniert auf den Kleinen, der ein Gerät mit verschiedenen Hebeln mit einer derartigen Geschicklichkeit betätigte, dass der rotschopfige Angestellte vom Kaufhaus H. B. Jensen nur ein ». . . du bist unglaublich, Toby« stammeln konnte. Auf einem Flugsimulator ließ der kleine Bengel zweifelsohne einen Jet starten und offensichtlich war der Tower zufrieden mit dem virtuellen Piloten, denn von der Flugsicherung kamen nur »Okays« und »Go aheads«.

Der Junge sah den Verkäufer zwar an, aber er sagte nichts. Kein Wort.

»Kann ich Ihnen helfen?« Der Verkäufer kam aus der Hocke und wandte sich Bengt Brodersen zu.

»Nein danke, ich schaue nur«, sagte Bengt. »Was spielt der Junge denn da?«

»Das ist Playstation, Sie können damit über Ihren Fernseher spielen. Autorennen, Pferderennen, Bundesliga, Sie können Hubschrauer oder wie eben hier einen Jet fliegen.«

»Alles mit einem Fernseher?« Bengts Zweifel in der Stimme ließ den Verkäufer lächeln.

»Nein, Sie brauchen natürlich ein bisschen Equipment dafür, aber im Prinzip geht's mit Ihrem Fernseher.«

»Noch hab ich keinen«, sagte Bengt und bereute im gleichen Moment, dass er das gesagt hatte.

»Nun, da kann ich Ihnen helfen«, sagte der Verkäufer.

»Und dieser junge Mann spielt also ein Playstation-Spiel«, sagte Bengt und kam sich unbeholfen vor, weil er von etwas redete, von dem er null Komma null Ahnung hatte.

»Ja, genau«, sagte der Rotschopf. »Gut, dann wollen wir mal. Was suchen Sie denn genau?«

»Vielen Dank. Ich schau mich einfach mal um. Vielen Dank für Ihre Hilfe«, sagte Bengt, drehte sich abrupt um und blieb nach zwei, drei Schritten stehen. Der Verkäufer wendete sich mit einem Achselzucken wieder dem Jungen zu, den er »Toby« genannt hatte, und verfolgte dessen geschicktes Spiel am Flugsimulator.

»Dirk, jetzt hast du mir aber wieder ein Problem bereitet«, die junge Frau, die das sagte, das spürte Bengt genau, versuchte freundlich zu sein und ihren Ärger zu unterdrücken.

»Ach komm, Merit, dein Sohn ist ein Genie. Niemand hier im Laden startet den Jet so ruhig und sicher wie er.«

»Ja, schon ... aber ...«, sagte die junge Frau.

Der kleine Junge hatte seine Mutter nur angelächelt, er sagte aber immer noch kein Wort, sondern verfolgte weiter den Flug, den er als Kapitän zu absolvieren hatte.

»Toby, wir müssen gehen, Lille kommt bald nach Hause und dann muss ich das Essen fertig haben.«

Der Junge nickte, betätigte ein paar Hebel und das Bild auf dem Fernseher gefror. Er stand auf, nickte dem Verkäufer zu und gab seiner Mutter ein Zeichen, welches Bengt nicht verstand. Aber offensichtlich verstand es die junge Frau, denn sie ging nun in die Hocke und der Junge ließ sich von ihrem Arm umfangen. Er drückte sich an sie und flüsterte ihr etwas ins Ohr, seine kleine Hand formte er um das Ohr seiner Mutter und um seinen Mund wie eine Schallmauer, offensichtlich sollte kein Mensch hören, was er sagte. Dem Verkäufer schien dieses Ritual nicht unbekannt zu sein, denn er tat so, als bemerke er es nicht, und schaltete das Fernsehgerät aus.

»Toby, nein, ich habe das Geld nicht. Ich kann dir das Spiel nicht kaufen. Du weißt doch, Mami muss Geld an die Bank zahlen.«

Der Junge drehte drängelnd seine Hüfte im Arm seiner Mutter und man sah, wie sich der kleine Rücken vor Ärger versteifte. Wieder flüsterte er etwas in das Ohr seiner Mutter. »Nein, Toby, nein. Und außerdem gibt es ja noch Weihnachten.«

Der Junge stieß einmal ärgerlich mit dem Fuß auf und drehte sich aus dem Arm seiner Mutter.

»Dirk, du machst mir mein Leben nicht einfacher«, sagte die junge Frau zu dem Verkäufer, der jetzt abwartend, an eines der Geräte gelehnt, im Verkaufsraum stand.

»Tut mir Leid, Merit, aber Toby spielt es eben zu gern.«

»Ich weiß, ich weiß«, sagte die Frau und fuhr ihrem Toby durchs Haar, der allerdings versuchte, ihre Hand abzuschütteln.

»Komm, Toby, wir müssen los«, die Frau hielt dem Jungen die Hand hin, und es rührte Bengt, als sich dann doch die kleine Hand des Jungen in die große Hand seiner Mutter schob.

»Da bist du geschützt, kleiner Mann«, dachte Bengt und auf einmal ahnte er, warum ihn der Junge so fasziniert hatte – er erinnerte ihn an Justus.

»Ein toller Junge«, sagte der Verkäufer, als Mutter und Sohn außer Hörweite waren. »Ein toller Junge, nur leider spricht er nicht.«

»Er spricht nicht?«, fragte Bengt.

»Doch er spricht, aber er spricht auch nicht . . .«, der Verkäufer bedachte Bengt mit einem hilflosen Achselzucken.

»Wie . . . wie?«, sagte Bengt.

»Na, der Junge kann sprechen. Er spricht aber nur mit seiner Mutter und mit seiner Oma, mit sonst niemandem. Sehr seltsam, sehr, sehr seltsam.«

»Ja, seltsam«, sagte Bengt Brodersen und spürte den Wunsch in sich zu fliehen, einfach zu fliehen.

Als er draußen auf der Straße stand, sah er auf der gegenüberliegenden Straßenseite den kleinen Toby und seine Mutter zum Bus hasten.

Mit einem Schlag war ihm bewusst, dass der Junge ihn nicht nur an Justus erinnerte, sondern dass seine Mutter ungefähr so alt war wie seine Tochter Lilly es jetzt sein würde, wenn ihr nicht so ein blödes, durchgedrehtes Arschloch in New York zweimal in den Kopf geschossen hätte. Und der dann auch noch vor Gericht behauptete, es aus verletzter Liebe getan zu haben.

7.

Am nächsten Morgen riss das Telefon Bengt um acht Uhr aus dem Schlaf, er wollte erst Widerstand leisten und das Läuten ignorieren, aber das Telefon hörte nicht auf und Bengt verlor das Spiel.

Am Apparat war eine Frau, die sich um die Stelle als Haushaltshilfe bewarb, und Bengt Brodersen hörte ihr ein bisschen zu, was sie über ihre Fähigkeiten erzählte, beantwortete die Fragen, ob der Haushalt auch Kinder oder Haustiere umfasse.

»Nein, ich lebe allein«, sagte Bengt.

»So«, sagte sie.

Bestimmt wunderte sie sich, dass Brodersen ihr keine Fragen stellte, aber er war noch so bleiern vom Schlaf, dass ihm nichts einfiel.

Also vereinbarte er mit ihr einen Termin für den Nachmittag und legte auf.

Kaum war er wieder eingeschlafen, da läutete das Telefon erneut und ein Mann war dran, der sich um die Stelle bewarb.

Bengt konnte sich des Eindrucks nicht erwehren, dass der Mann mit ziemlich schwerer Zunge sprach, und teilte dem Anrufer mit, die Stelle sei schon vergeben.

»Och schade«, sagte der Mann. »An wen denn?«

»Wie?«, Bengt war verblüfft.

»Na, an wen, ist doch ne einfache Frage. Ich vermute, meine Ex-Frau hat sich die Stelle geschnappt. Richtig?«

»Ich kenne Ihre Ex-Frau nicht«, sagte Bengt.

»Meine Ex-Frau kennt hier jeder, die ist ein inselbekanntes Flittchen.«

»Vielen Dank, aber, wie gesagt, die Stelle ist vergeben.«

»Ja, an wen denn?«

»An einen Putzfisch«, sagte Bengt und legte auf.

Kaum war er zwei Schritte vom Telefon entfernt, klingelte es erneut. Bengt riss den Hörer hoch.

»Wenn Sie mich hier terrorisieren wollen, dann sind Sie bei mir garantiert an der falschen Adresse«, sagte Bengt Brodersen, total davon überzeugt, dass der Typ mit der Ex-Frau wieder am Apparat war.

»Nein, ich will Sie nicht terrorisieren, ich will Ihnen eigentlich in Ihrem Haushalt helfen. Die Anzeige, verstehen Sie ...«, sagte eine weibliche Stimme.

»Oh, Entschuldigung, da hat nämlich eben so ein Typ angerufen, und der ... Ach, das ist zu kompliziert, um es jetzt zu erzählen. Also, Sie waren nicht gemeint.«

»Dann noch mal von vorn«, sagte die Frau und lachte. »Mein Name ist Merit Soerensen und ich möchte mich für die Stelle einer Haushaltshilfe bewerben, die Sie ausgeschrieben haben.«

»Na, dann sollten wir uns mal unterhalten«, sagte Bengt, denn die Stimme der Frau war ihm angenehm und der Name Merit wie ein kleiner Widerhaken.

»Das würde ich sehr gern, nur gibt es da ein Problem, das ich gern zuvor klären würde, denn unter Umständen könnte das gleich eine Zusammenarbeit verhindern.«

Das mit der Zusammenarbeit amüsierte Bengt.

»Ich wollte eigentlich nicht mitputzen«, sagte Bengt Brodersen und freute sich über seinen kleinen Scherz.

»Wie, ach so, ich weiß schon. Da habe ich mich ein bisschen schief ausgedrückt.«

»Wo liegt denn das Problem?«, fragte Bengt.

»Ich . . . ich«, die Frau zögerte, »ich könnte erst immer so kurz nach eins, wenn die Schule aus ist.«

»Nicht vormittags?«, fragte Bengt Brodersen.

»Nein, vormittags habe ich eine andere Stelle.«

»Dass Sie vormittags nicht können, stört mich nicht. Ich will eigentlich lange schlafen und langsam den Weg in den Tag finden. Da ist es vielleicht ganz gut, wenn da niemand da ist, der das Haus auseinandernimmt.«

»Ich habe nicht vor, Ihr Haus auseinanderzunehmen«, sagte die Frau und lachte.

Das fand Bengt Brodersen außerordentlich sympathisch, und er musste lächeln.

»Aber da ist noch etwas«, die Frau sprach jetzt schneller und drängender und Brodersen war klar, dass jetzt der eigentlich Punkt kam, »ich müsste meinen Sohn Toby mitbringen. Denn nachmittags arbeitet meine Mutter, bei der Toby und ich wohnen, und sie kann nicht auf ihn aufpassen.«

Bei dem Namen des Jungen, machte es »Klick« bei Brodersen, aber da sprach die Frau schon wieder weiter.

»Aber mein Sohn ist ein stiller Junge, ein sehr stiller Junge. Er wird Sie nicht stören, wenn er ein kleines Plätzchen bei mir in der Küche haben kann. Er liest, bastelt und malt gern . . .« Da war ein Zögern in ihrer Stimme, das Bengt Brodersen rührte, denn es signalisierte klar ein: »Was ich eben gesagt habe, verschlechtert meine Chancen, aber ich muss es sagen«.

»Gut, gut. Ich schlage vor, wir sollten uns treffen. Können Sie denn heute nach eins?«, fragte Brodersen.

»Ja klar«, sagte die Frau, »und wo?«

Brodersen nannte die Hausnummer im Wuldeweg.

»Das passt«, sagte die Frau, »wir wohnen in Braderup.«

»Gut, dann bis dann«, sagte Brodersen und sie verabschiedeten sich.

Kaum hatte er sich einen Kaffee gekocht, da klingelte das Telefon schon wieder. Noch bevor die Frau, die am anderen Ende war, groß anheben konnte, erklärte er ihr, dass die Stelle bereits vergeben wäre. Und das sagte er auch allen Anrufern, die sich noch meldeten. Bengt Brodersen wusste nicht genau, warum er den Leuten sagte, dass die Stelle bereits vergeben sei. Aber er ahnte es. Vor allen Dingen hatte er ein gutes Gefühl, wenn er es sagte.

Vor seinen Augen sah er das Bild, wie Mutter und Sohn auf den Bus zuhasteten, und er dachte daran, dass ihn der Junge an Justus erinnerte.

Justus – neun Jahre hatten sie nichts voneinander gehört. Neun lange Jahre. Der Schmerz kam unaufhaltsam und breitete sich aus. Bengt stellte den Kaffeebecher ab und ging in sein Arbeitszimmer. Aus der untersten Schublade holte er eine angebrochene Schachtel Zigaretten und zündete sich ohne nachzudenken eine an.

»Scheiße, Brodersen«, sagte er laut, »du wolltest doch aufhören . . .« Doch gleichzeitig saugte er am Filter und entspannte sich, als er den Rauch inhalierte.

Angefangen hatte alles in einer Nacht gegen ein Uhr, vor gut neun Jahren. Bengt Brodersen saß noch in seinem Arbeitszimmer über einem Manuskript. Annegrit war schon ins Bett gegangen. Da läutete das Telefon und der Mann am anderen Ende sagte, er sei der deutsche Botschafter in Washington. Für eine Sekunde war Bengt versucht aufzulegen oder etwas Witziges zu sagen, aber etwas in der Stimme des anderen sagte ihm, dass es kein Spaß war. Und dann waren da noch diese unverkennbaren Geräusche und Verzögerungen, die Bengt nur zu gut von seinen Atlantikgesprächen her kannte.

Der Mann von jenseits des Atlantiks machte keinen »Small Talk«, sondern er ging seinen Auftrag, das Grauen, das er gezwungen war vor Bengt Brodersen auszubreiten, mit allem erdenklichen Einfühlungsvermögen an. Nur alles Einfühlungsvermögen der Welt reicht nicht aus, wenn man einem Vater mitteilen muss, dass seine Tochter tot ist. Auf offener Straße erschossen. In New York.

Und dass es keinen Zweifel gäbe, weil Freunde von ihr es miterleben mussten.

Bengt war es, als würden sich die Wände des Arbeitszimmers unaufhaltsam auf ihn zuschieben. Alles wurde knapp, der Raum, die Luft, die Adern und Venen verengten sich, für Worte gab es kein Durchkommen mehr, der Mund schloss sich zu einem einzigen Schrei. Selbst die Augen schlossen sich, nur die Lider hatten keine Kraft, die Bilder, die der Kopf produzierte, zu bannen. Auch die Ohren schlossen sich, der Schmerz hatte sich in ihm eingekapselt und wütete in seinem Leib.

Er hörte nicht, dass Annegrit den Raum betreten hatte, um zu fragen, wer da angerufen hätte. Und er sah sie auch nicht, als ihr Gesicht vor dem seinen auftauchte. Erst als sie ihn an den Schultern rüttelte, da war es, als löse sich ein Teil der Erstarrung.

Aber das Grauen war nun in der Welt, es würde nicht mehr verschwinden, es war durch jede Pore der Haut in seinen Körper gesickert und würde ihn nie mehr verlassen.

Irgendwann lagen sie beide auf dem Boden, Meter voneinander entfernt. Zusammengekrümmt und weinend, mit den Beinen auf den Boden schlagend und dann wieder still.

Der Morgen kam mit seiner ihm eigenen Präzision, er nahm keine Rücksicht auf das Grauen. Irgendwann erhob sich Bengt, holte eine Decke aus dem Schlafzimmer und deckte Annegrit, die selbst im Schlaf noch weinte, zu. Er ging in die Küche, um Kaffee zu kochen. Aber er vergaß, was er sich vorgenommen hatte.

Er war es gewesen, der Lilly gegen ihren Willen nach New York geschickt hatte, damit sie dort ein Praktikum absolvierte. Sie hing ihm zu viel rum, interessierte sich für nichts richtig.

Nach dem Abitur wollte sie »ein Jahr ausspannen«, das hatte sie sich ihrer Meinung nach verdient, denn schließlich habe sie dreizehn Jahre lang ohne Murren einen Job absolviert. Alle waren gegen ihn. Annegrit, Lilly und ihr Zwillingsbruder Justus.

Aber er hatte sich durchgesetzt.

Annegrit machte das Grauen für immer still und Justus strich seinen Vater aus seinem Gedächtnis.

Der Botschafter hatte Bengt gebeten, nach New York zu kommen, um seine Tochter zu identifizieren. Das war unerlässlich, um sie nach Hause zu holen. Bengt wäre sowieso hinübergeflogen.

Auch Justus wollte kommen, aber er wollte seine Schwester nicht noch einmal sehen, sondern sie so in Erinnerung behalten, wie er sie zuletzt gesehen hatte. Nein, Justus wollte kommen, um seinem Vater etwas zu sagen.

Der Coroner wollte Bengt seine Tochter über eine Kamera zeigen, offensichtlich sollte so das Grauen etwas abgemildert werden. Doch Bengt hatte darauf bestanden, an die Eisenschale zu treten, auf der Lilly lag.

»Sie sollten sich das ersparen«, sagte der Botschafter, der extra aus Washington gekommen war.

»Bitte«, hatte Bengt Brodersen gesagt, »bitte.«

»Verzeih, Lütte«, sagte er, als er seiner Tochter über die Stirn strich und die kühle Haut küsste. Und als der Botschafter seinen Arm um Bengt Brodersens Schultern legte, da ließen seine Tränen den Blick auf das Gesicht seiner malträtierten Tochter undeutlich werden. Auf das Gesicht seiner Lütten, das selbst die kosmetischen Künste der Bestatters nicht mehr hatten richten können.

Draußen stand Justus und sah ihm starr entgegen. Ihm war der Schmerz ins Gesicht gemeißelt. Das Grauen hatte tiefe Spuren hinterlassen.

»Ich möchte nie mehr mit dir sprechen und dich auch nie wieder sehen«, sagte sein Sohn, drehte sich um und ging.

Der Fall erregte die Öffentlichkeit nur kurz. Der

Mörder war ein ehemaliger Geliebter Lillys, der, als sie ihm mitteilte, dass Schluss sei, durchdrehte und schoss.

Lilly hatte ihn in den Telefonaten nie erwähnt, sondern immer nur gesagt, dass sie einen ganz netten Freundeskreis gefunden hätte. So flog er zurück nach Deutschland mit seiner Tochter in einem Bleisarg, der im Frachtraum der Maschine festgezurrt war. Der junge Mann wurde zu acht Jahren verurteilt, Psychiater erklärten, warum er getan hatte, was er getan hatte. Bengt hatte sich nur über sich selbst gewundert, darüber, wie wenig ihm der Sinn nach Rache stand.

8.

In den Augen des Jungen lag ein Wiedererkennen, als Bengt seiner Mutter und ihm die Tür öffnete.

»Moin, Frau Soerensen, Moin Toby«, sagte Brodersen.

»Moin, Herr Brodersen«, sagte Merit und streckte ihm die Hand hin. Der Junge schaute auf einen Punkt in der Ferne, den nur er sehen konnte. So konnte er Kontakt vermeiden, das war Bengt sofort klar.

»Dann wollen wir mal, machst du bitte die Tür zu«, sagte Bengt und drehte sich um, um zu zeigen, dass er keinerlei Reaktion erwartete. Er hatte sich an die Information des Verkäufers erinnert, der die Frau und ihren Sohn anscheinend gut kannte.

Der Junge sprach nur mit seiner Mutter und seiner Oma, also musste Bengt ihn doch nicht in ein Gespräch hineinziehen.

»Toby«, sagte Merit, »willst du vielleicht mit deinen Schularbeiten anfangen, wenn Herr Brodersen uns erlaubt, dass du dich irgendwo hinsetzen kannst? Ich kann dann mit Herrn Brodersen in Ruhe alles besprechen, während du arbeitest.«

Der Junge nickte und legte seinen Kopf etwas schief.

»Ihr Junge kann sich in mein Arbeitszimmer setzen. Noch ist der Tisch frei, der Sessel ist bequem. Genau das Richtige, um so etwas Furchtbares wie Hausaufgaben zu erledigen. Mein Gott, habe ich das gehasst. Da ist es«, sagte Bengt und wies auf die Tür seines Arbeitszimmers. »Gehen Sie ruhig hinein, dann kann ich mir noch einen Kaffee machen, möchten Sie auch einen?«

»Ja, sehr gern«, sagte die junge Frau.

Brodersen fand sie hübsch mit ihren dunklen Augen, sie war bestimmt über 1,75 groß, und die Art und Weise, wie sie mit ihrem Jungen umging, beeindruckte ihn.

Mutter und Sohn waren ein eingespieltes Team, da gab es keinen Zweifel.

Bengt wies, als Merit in die Küche kam, auf den Kaffeebecher, den er auf den großen Tisch gestellt hatte.

»Für Sie.«

»Vielen Dank«, sagte Merit und dann senkte sie die Stimme. »Herr Brodersen, Sie müssen wissen, mein Sohn . . .«

»Ihr Sohn spricht nur mit Ihnen und mit Ihrer Mutter. Und außerdem will er Pilot werden.«

»Woher wissen Sie das?« Auf Merit Soerensens Gesicht lagen Ungläubigkeit und Unsicherheit.

»Von dem Verkäufer in der Fernsehabteilung von H. B. Jensen.«

»Wie . . .?«

»Das Rätsel ist kein Rätsel und leicht gelöst«, sagte Bengt. »Gestern ging ich, nachdem ich das Stellenangebot aufgegeben hatte, ins Kaufhaus, um mir Fernsehgeräte anzusehen. Und da spielte Ihr Sohn an einer Playstation ein Pilotenspiel. Dann tauchten Sie auf, den Rest kennen Sie eigentlich. Bis auf die Sache, dass mir der Verkäufer erklärte, dass Ihr Sohn ungern sprechen mag. Aber er hat mir das nur erklärt, glaube ich, weil er nicht wollte, dass ich denke, Toby hätte kein Benehmen oder so etwas. Er mag den Jungen sehr. Weitere Erklärungen gab mir der Mann aber nicht. Gestern haben wir uns also gesehen, heute rufen Sie an, das ist doch ein schöner Zufall, oder nicht?«

Über das Gesicht der jungen Frau zog ein Lächeln.

»Ja, das ist einer.«

»Toby hat mich übrigens wieder erkannt. Da bin ich mir sicher«, sagte Bengt.

Merit schüttelte den Kopf in leichtem Erstaunen, sah Bengt Brodersen an und fragte: »Was für eine Haushaltshilfe brauchen Sie genau?«

Bengt erzählte ihr etwas von Saubermachen, Waschen und Bügeln, von Gardinenaufhängen, vor allen Dingen aber vom Einräumen der mitgebrachten Sachen und von jetzt noch nicht absehbaren Arbeiten. Merit Soerensen fragte auch, ob sie für ihn kochen solle. Darüber hatte Brodersen noch nicht nachgedacht und erbat sich Bedenkzeit.

Mittlerweile hatten sie sich an den Küchentisch gesetzt, Merit hatte nach ihrem Sohn gesehen und ihm ein Glas Wasser gebracht.

Sie hatten sich über den Stundenlohn geeinigt und vereinbart, dass Merit zumindest die nächsten Wochen täglich erscheinen sollte, damit die Arbeiten im Zusammenhang mit dem Einzug erledigt werden konnten.

Dann stockte das Gespräch, Merit stand auf.

»Soll ich Ihnen noch einen Kaffee machen?«, fragte sie.

»Ja gern, aber machen Sie sich auch einen, wenn Sie mögen«, sagte Bengt.

»Danke«, sagte Merit und als sie mit dem Rücken zu ihm an der Kaffeemaschine stand, sagte sie leise etwas, was Bengt nicht verstand.

»Entschuldigung, aber das habe ich eben rein akustisch nicht verstanden«, sagte er.

»Und es macht Ihnen wirklich nichts aus, wenn ich meinen Sohn mitbringe?« In ihrer Stimme lag wieder dieses Zögernde.

»Nein, und wenn es mich stört, dann werde ich es Ihnen sagen. Ist das okay?«, fragte Bengt.

»Danke«, sagte die Mutter von Toby.

Als Toby und seine Mutter nach dem Abschied schon einige Meter vom Haus entfernt waren, rief Bengt Brodersen ihnen aus einem Impuls heraus etwas nach.

»Toby, als ich so alt war wie du, da wollte ich Lokomotivführer werden. Aber Pilot ist schicker.«

Und Bengt Brodersen schloss ganz schnell die Tür, denn er hatte sich in den Jungen vernarrt.

9.

»Lille, dieser Bengt Brodersen ist wirklich ein freundlicher Mensch, aber ich glaube, sehr einsam ...« Merit sah ihre Mutter an. Sie saßen am Küchentisch, Toby lag bereits im Bett und schlief hoffentlich schon.

Merit hatte den Tisch für das Abendbrot gedeckt, als ihre Mutter von der Arbeit kam. Lille hatte die Schuhe von sich geschleudert und gestöhnt, dass sie das viele Stehen noch umbringen würde, und Toby an sich gezogen.

»Na Toby, wie war dein Tag?«

»Gut, ich habe den Jumbo bestimmt morgen fertig, ich konnte heute nicht so viel machen, wir waren ja bei dem Mann da.«

»Mhm«, sagte Lille.

»Kommt essen«, sagte Merit und setzte sich.

Nach dem Abendbrot wurde Toby zum Zähneputzen und Ausziehen nach oben geschickt, dann brachte Merit ihn ins Bett und las ihm weiter aus »Der kleine Lord« vor. Sie hatte sich ausgerechnet, dass die Geschichte, wenn sie nicht zu viel vorlas, bis Weihnachten reichen würde. Als Merit das Buch zuklappte, umschlang Toby den Hals seiner

Mutter, drückte sich an sie und schmuste und küsste sie. »So, jetzt ist gut«, sagte sie, löste sich aus der Umarmung, lächelte ihren Sohn an und löschte das Licht. »Schlaf gut, mein Schatz, und träume süß«, sagte sie und schloss die Tür zu seinem Zimmer.

Unten in der Küche saß ihre Mutter, sie hatte eine Flasche Wein geöffnet.

Sie prosteten sich zu und Merit begann von ihrem Vorstellungsgespräch zu erzählen. Von der Geschichte, die gestern bei H. B. Jensen in der Fernsehabteilung ihren Anfang genommen hatte, vom Inserat in den SYLTER NACHRICHTEN, vom morgendlichen Telefonat und vom Besuch bei dem Herrn Bengt Brodersen, der eine Haushaltshilfe suchte und nun eine eingestellt hatte.

»Das ist ein sehr schönes Haus, Lille, doch zu groß, wenn man es allein bewohnt. Da muss man sich einsam fühlen.«

»Platz kann man nie genug haben«, sagte Merits Mutter.

»Ja, ich weiß, dass du Platz brauchst. Beengen wir dich sehr?«

»Red doch keinen Quatsch, Merit. Ich habe dich doch gefragt, ob ihr hier leben wollt, und so richtig kann ich mir ein Leben ohne meinen Toby nicht mehr vorstellen.« Lille strich ihrer erwachsenen Tochter über den Kopf. »Es ist gut so, wie es ist, wirklich.« Sie nippte an ihrem Glas. »Und es geht doch gut zwischen uns. Zwischen dir und mir, meine ich. Ich hätte nicht mit meiner Mutter unter einem Dach leben wollen oder leben können. Ich nicht, ganz bestimmt nicht. Ich bin glücklich und stolz, dass du es mit mir aushalten kannst.«

»Du spinnst«, Merit berührte die Schulter ihrer Mutter.

»Weißt du, was seltsam ist, Merit? Damals ging für kurze Zeit ein Junge auf meine Schule, der hieß auch Bengt Brodersen. In den war ich verliebt, seinen Namen habe ich nie vergessen, Bengt Brodersen.«

»Und er?«

»Was, und er?«

»War er auch in dich verliebt?«

»Kind, das war doch damals eine andere Zeit. Damals war man schüchtern, und natürlich ist das Wort ›verliebt‹ falsch; ich habe für ihn geschwärmt.« Lille lachte. »Komm, lass uns zu Bett gehen.«

Sie trank den Rest ihres Weines und stand auf.

10.

Die ersten Arbeitstage von Merit Soerensen bei Bengt Brodersen liefen wirklich gut, es gab viel mehr zu tun, als sie erwartet und vermutet hatte.

Auch wenn er, wie er ihr erklärt hatte, »mit leichtem Gepäck« nach Sylt gekommen war, waren in Wahrheit viele seiner Sachen sehr durcheinander. Offensichtlich hatte er in den letzten Jahren mehr oder weniger seine Lieblingssachen getragen und andere, beispielsweise noch in der Originalverpackung befindliche Hemden, ignoriert. Eine Menge seiner Wäsche war vergilbt und auch die Pullover waren durch das lange Liegen in den Schränken nicht besser geworden.

»Hatten Sie in Hamburg keine Haushaltshilfe?«, fragte sie Brodersen, als sie dabei war, eine neue Ladung für die Waschmaschine im Keller fertig zu machen.

»Nein, in Hamburg hatte ich nur eine Putzfrau ... äh ... eine Reinemachefrau«, sagte Brodersen, »... das wollte ich nicht, weiß auch nicht warum. Aber nicht weit von meinem Haus war eine Wäscherei, da habe ich das Zeugs immer hingebracht.«

»Ah ja«, sagte Merit und sah ihn an.

»Bei einigen Hemden fehlen auch Knöpfe.«

»Das stimmt«, sagte Merit, »und einige sollten Sie vielleicht auch einfach nur wegschmeißen.«

»Meinen Sie?« Seine Stimme klang unsicher.

»Ja, meine ich.«

»Aber nicht meine Lieblingshemden.« Brodersens Stimme klang ein bisschen quengelig.

»Nein, die natürlich nicht«, sagte Merit und drängelte sich an ihm vorbei, »obgleich ich aus Erfahrung weiß, dass auch Lieblingshemden nicht von Anfang an Lieblingshemden waren.«

»Und was soll mir das sagen?«, fragte Brodersen.

»Ganz einfach«, sagte Merit, »man muss auch anderen Hemden die Chance geben, ein Lieblingshemd zu werden.«

»Sie sind ja eine Philosophin«, rief Bengt Brodersen ihr hinterher, als sie mit der Wäsche im Arm in Richtung Keller verschwand. Aber von ihr kam keine Antwort, er hörte nur wie die schwere Stahltür im Keller hinter ihr ins Schloss fiel.

Brodersen mochte die Art dieser jungen Frau, sie war freundlich, offen und außerordentlich schlagfertig. Ziemlich schnell hatte sich zwischen ihnen eine Gesprächsart herausgebildet, die ohne jede Steifheit war. Merit Soerensen sah alles und sie dachte an alles, zählte ihm auf, was noch zu erledigen war, damit das schön renovierte Haus auch wirklich wohnlich sein würde. Dabei ging es nicht nur um Gardinen und weitere Lampen oder um Töpfe und Geschirrhandtücher. Nein, mit ihrer Art und Weise, an Dinge heranzugehen, zwang sie ihn indirekt auch, darüber nachzudenken, wie er eigentlich leben und seinen Tagesablauf organisieren wollte.

Brauchte er Töpfe und wenn ja, warum? Wollte er kochen oder doch lieber essen gehen? Denn dann brauchte er auch keine Töpfe, oder höchstens einen – für eine Tütensuppe.

Und dann seine privaten Unterlagen, alles war durcheinander, stellte er mit Erschrecken fest. Nachdem Annegrit ihn verlassen hatte, hatte er begonnen, private Unterlagen auf diversen Haufen zu verteilen. Und diese Stapel waren auch so in die Umzugskisten gewandert.

»Immer rein in die Kisten«, hatte er den Umzugsleuten gesagt, »da kümmere ich mich später auf Sylt drum.«

Die Umzugsleute hatten seiner Aufforderung Folge geleistet und alles in die Umzugskisten geschmissen. Aber nun war »Sylt« und »später« und Brodersen war gezwungen, sich Gedanken zu machen. Natürlich hätte er die Stapel gleich wieder in seinem Arbeitszimmer verteilen können, aber irgendwie verhinderte diese junge Frau es mit ihren Blicken, dass er das tat. Also begann er sich vor die Kisten zu setzen und sich das ganze Zeug genau anzusehen. Er war nicht nur beschäftigt, sondern es wurden Erinnerungen wach, Dinge kamen wieder hoch, die er vergessen hatte, und er staunte manchmal, wie vieles sich von allein erledigt hatte. Am meisten staunte er allerdings darüber, wie viel er wegwerfen konnte. So lief also nicht nur Merit Soerensen unzählige Male mit den Armen voller Wäsche in den Keller, sondern auch Bengt Brodersen brachte Berge von Altpapier zur grünen Tonne.

Toby gefiel es gut. Er freute sich, wenn seine Mutter ihn von der Schule abholte und sie sich auf den Weg zu diesem Herrn Brodersen machten. Ihn schien es nicht zu stören, dass Toby nicht mit ihm sprach. Die Tage verliefen dann immer ähnlich. Toby setzte sich an den großen Küchentisch und begann, seine Schularbeiten zu erledigen. Vorher aber kochte seine Mutter ihm einen großen Becher Kakao und er aß die Brote, die sie ihm mitgebracht hatte.

Ins Arbeitszimmer konnte er nicht, weil da der Mann Papiere ordnete oder wegwarf und die Unterlagen, die er aus Hamburg mitgebracht hatte, in den Schränken verstaute. Toby hatte sich gewundert, dass der Mann keine Bücher hatte, aber dann doch vergessen, seine Mutter danach zu fragen. Eigentlich war der Herr Broderson ein sehr freundlicher Mann, manchmal sagte er etwas zu Toby, aber ganz selten, und er schien nicht überrascht zu sein, wenn er keine Antwort erhielt. Allerdings war Toby schon gleich aufgefallen, dass der Mann ihm keine Fragen stellte, weder ein »Na

Toby, wie geht's?« noch ein »Wie war's denn in der Schule, Toby?«.

Eher sagte er solche Sachen, wie »Ist ja ein echtes Schietwetter heute«, Dinge also, zu denen kein Mensch etwas sagen musste. Toby gefiel es in dem Haus von Herrn Brodersen, und er hatte sich gefreut, als seine Mutter abends zu Hause zu Lille sagte: »Da hab ich ein Schweineglück gehabt, dass ich den Job bekommen habe.«

Einmal war Bengt Brodersen in die Küche gekommen, um sich einen Kaffee zu machen. Weil er warten musste, hatte er sich kurz über Tobys Rechenheft gebeugt, aber sich dann wieder abgewandt und weiter an der Kaffeemaschine gewartet, bis sein Kaffee fertig gebrüht war. Erst im Rausgehen sagte er: »Toby, die Aufgabe fünf ist falsch, da solltest du abziehen und nicht zuzählen.«

Als Toby, der in Gedanken war und gar nicht rechnete, aufsah, hatte Bengt Brodersen die Küche schon längst verlassen und die Tür hinter sich geschlossen.

11.

Schon am Morgen, als Bengt Brodersen aufwachte, hörte er den Regen gegen die Scheibe seines Schlafzimmerfensters prasseln, es würde wohl ein unwirtlicher Tag werden. Er stand auf und ging nach unten, um sich einen Kaffee zu machen. Nur mühsam kam er in Gang, obwohl er für den heutigen Tag ein volles Programm hatte. Er musste die Gardinen von der Näherin abholen, die Merit Soerensen und er heute Nachmittag im Wohnzimmer aufhängen wollten. Außerdem hatte er sich entschlossen, ein paar Töpfe, Pfannen und Haushaltsgeräte zu kaufen. Und ein paar Kochbücher.

Bengt Brodersen hatte sich entschlossen, ein bisschen kochen zu lernen. Schließlich konnte er, wenn das Haus vollkommen fertig war, nicht den ganzen Tag in der Gegend rumsitzen und Löcher in die frisch gestrichene Decke starren. Viel spazieren gehen würde er, das hatte er sich fest vorgenommen, nur, auch das füllte einen Tag nicht aus. Und so war es ihm auf einmal sehr verlockend vorgekommen, das Kochen zu lernen.

Mit dem Rasierschaum im Gesicht ging es ihm

schon besser, und als er unter die Dusche ging, sang er »Des Seemanns Braut ist die See, La Paloma ohé.«

Die Näherin türmte einen ganzen Berg eingewickelter Pakete vor Brodersen auf dem Tresen auf, und ihr Ehemann half ihm, alles im Wagen zu verstauen. Sie hatte auch schon Gardinen für einige andere Räume fertig genäht. Es geht voran, dachte Bengt, als er wieder im Wagen saß und Richtung Westerland fuhr. Leicht fand er einen Parkplatz in der Bismarckstraße und ging zum Café Orth, um dort zu frühstücken. Zuvor kaufte er sich noch ein paar Tageszeitungen und Illustrierte; in den letzten Tagen hatte er nichts mehr vom Weltgeschehen mitbekommen.

Hatte es eben noch so ausgesehen, als würde es aufhören zu regnen, so setzte jetzt doch der Regen wieder verstärkt ein, und Bengt war froh, sich ins Café zurückziehen zu können.

Das Regal mit den Kochbüchern im Buchladen faszinierte Bengt. Unglaublich, wie viele Bücher es zum Thema »Kochen« gab, vor allen Dingen, wenn er bedachte, dass dies hier wohl nur eine kleine Auswahl war. Er erwarb eine »Kochschule für Anfänger«, ein Buch mit beliebten und leicht auszuführenden Rezepten, und dann sah er ein opulentes Werk mit dem Titel »Küchenpraxis«. Hier wurde dem Lernwilligen alles erklärt, was man wissen musste, um ein guter Hobbykoch zu sein. Wie man frischen Fisch von altem unterscheidet, wie man Fleisch, Geflügel und wie man was immer man sich noch kochen wollte, zubereitet, wie man die verschiedensten Gerätschaften nutzt und tausenderlei Tipps, wie man sich das Leben in der Küche erleichterte.

Bengt Brodersen war so begeistert, dass er auch noch dieses mindestens drei Kilo schwere Buch auf seinen Stapel der schon ausgesuchten Bücher legte.

Die hilfsbereite Buchhändlerin strahlte ob des zu erwartenden Umsatzes.

Als Bengt mit seinem Stapel zur Kasse ging, fiel sein Blick auf ein dickes Buch mit dem Titel »Alle Flugzeugtypen dieser Welt«. Er legte seine Bücher auf dem Kassentisch ab und drehte sich um.

»Und das kaufe ich auch noch«, sagte er mehr zu sich selbst, als er ein Exemplar von dem Büchertisch nahm.

»Na, da haben Sie in der nächsten Zeit genug zu studieren«, sagte die Buchhändlerin, als sie begann, die Preise der Bücher zu scannen.

»Bestimmt«, sagte Bengt.

»Oder soll ich eines der Bücher als Geschenk verpacken?«, fragte die Frau.

»Nein, nein . . . geht schon so.«

Bengt schnappte sich die beiden Tragetaschen und verließ das Geschäft. Die Buchhändlerin lächelte ihn an, als sie ihm die Tür offenhielt.

Bengt verstaute die Bücher im Wagen und fuhr

los, denn er hatte sich überlegt, doch lieber auf dem Parkplatz des Kaufhauses Jensen zu parken, so brauchte er die Töpfe, die er vielleicht kaufen würde, nicht so weit zu schleppen.

Die Verkäuferin hatte wirklich Ahnung von ihrer Ware, sie erklärte Bengt Brodersen die Vor- und Nachteile der verschiedenen Produkte, nachdem sie ihn genau nach Sinn und Zweck seines Einkaufes befragt hatte.

Und er belohnte die junge Frau, die sich so viel Mühe mit ihm gab, indem er das kaufte, was sie ihm empfahl. Es waren so viele Pakete, dass ein junger Mann gerufen wurde, der Bengt half, die Dinge im Wagen zu verstauen.

Bei seinem Helfer bedankte Bengt Brodersen sich mit einem Fünf-Euro-Schein, danach stand er unentschlossen neben seinem Wagen und musterte den Himmel. Es hatte aufgehört zu regnen, aber der Himmel sah nicht so aus, als hätte er sich für heute ausgeweint.

Entschlossen verriegelte Bengt seinen Wagen und lenkte seine Schritte wieder Richtung Kaufhaus. Diesmal war sein Ziel die Abteilung mit den Fernsehgeräten.

Der rotschopfige Verkäufer verriet nicht, ob er Brodersen wiedererkannte.

Nach langem Hin und Her entschied sich Brodersen für ein Gerät.

»Das ist wirklich ein ausgezeichnetes Gerät. An dem werden Sie Ihre Freude haben.«

»Und können Sie es mir heute Nachmittag liefern und anschließen, das wäre mir sehr lieb . . .?«, fragte Bengt.

»Heute?« Der Rotschopf sah ihn verwirrt an.

»Ja, heute.«

»Da muss ich erst prüfen, ob wir das Gerät am Lager haben.«

»Wie, am Lager haben?«, sagte Bengt.

»Na, wir können doch nicht alle Geräte am Lager haben. So groß sind unsere Kapazitäten auch nicht. Wir verkaufen schließlich auch noch Waschmaschinen und Kühlschränke und und und . . .«

Der Verkäufer sagte das mit einem Unterton von »Das kann man sich doch denken« und blickte Brodersen amüsiert an.

»Aber ich kläre das, einen Moment, bitte.«

Der junge Mann verschwand, und es dauerte gut zehn Minuten, bis er wieder auftauchte. »Leider haben wir das Gerät nicht am Lager, und es dauert mindestens vierzehn Tage, bis wir es liefern können. Mindestens«, sagte er mit Nachdruck.

In Bengt Brodersen machte sich Enttäuschung breit, denn auf einmal war es ihm, als würde er am heutigen Abend nichts lieber tun, als auf seinen neuen Fernseher zu starren.

»Aber«, hob der Verkäufer an und machte eine wichtige Miene, »Sie können dieses Vorführgerät erwerben, es ist eins a in Ordnung, das versichere ich Ihnen, wir könnten es heute noch liefern und anschließend und . . .«, er stockte.

»Und?«, fragte Brodersen.

»Und Sie bekommen einen ordentlichen Rabatt.« Der Rotschopf strahlte ihn an, als wäre Brodersen das geeignete Objekt für die gute Tat des Tages.

»Und die Anlieferung ist frei?«

»Selbstverständlich. Wohin muss das Gerät denn gebracht werden?«

»Nach Kampen.«

»Kein Problem. Aber die wichtigere Frage ist, haben Sie denn schon eine Schüssel?«

»Ja«, sagte Bengt, »das ist alles vorhanden.«

»Dann ist uns das ja ein Leichtes, das Gerät für Sie anzuschließen.« Wieder strahlte der Mann über das ganze Gesicht.

»Nochmals zum Rabatt«, sagte Bengt, »vor einiger Zeit war ich schon einmal hier und habe mir die Geräte angeschaut, und da spielte ein kleiner Junge ein Fernsehspiel, in dem er Pilot war.«

»Sie meinen Toby? Kennen Sie Toby?« Der Verkäufer starrte ihn verwundert und verwirrt an.

»Nein«, sagte Brodersen, »ich will nur wissen, ob ein solches Gerät . . .«

»Eine Playstation«, sagte der Verkäufer.

»Meinetwegen auch Playstation«, sagte Bengt, »ich will wissen, ob ein solches Ding noch in Ihrem Rabattgefüge drin ist.«

»Für Sie?«

»Ja, für mich«, sagte Bengt und lächelte, »ich spiele gern.«

»Das kriegen wir hin«, sagte der Rotschopf.

»Na, sehen Sie«, sagte Bengt, »es geht doch. Aber es muss das Spiel sein, das der Junge gespielt hat.«

Als Merit Soerensen mit Toby das Haus betrat, sah die Küche wie ein Schlachtfeld aus. Überall lagen aufgerissene Kartons und Papier.

Aus der Stadt zurückgekehrt, hatte Brodersen die Einkäufe nach und nach ins Haus geschleppt und sich dann wie ein Kind gefreut, als er seine neu erworbenen Schätze so vor sich sah. Bei einer Tasse Kaffee hatte er begonnen, die Töpfe und Gerätschaften auszupacken und sich jedes Teil genau angesehen.

Neben seinem Becher Kaffee lag aufgeschlagen das Buch über die Küchenpraxis.

»Wollen Sie ein Restaurant eröffnen?« Merit sah ihn an.

»Nein, aber kochen lernen.« In Brodersens Stimme schwang mit, wie stolz er auf sich und seinen Entschluss war.

»Auch einen Kaffee?« Er stand auf und ging zur Kaffeemaschine.

»Ja, gern«, sagte Merit.

Mit dem Rücken zu Merit und ihrem Sohn Toby, der das ganze Durcheinander mit Verwunderung betrachtet hatte, sagte er: »Toby, du musst heute wohl in meinem Arbeitszimmer deine Schularbeiten machen, ich muss hier erst Ordnung schaffen. Geh ruhig los. Ach, übrigens ... unten im Regal liegt ein Flugzeugbuch. Da darfst du gern drin lesen.«

Brodersen wartete, bis Toby und seine Mutter die Küche verlassen hatten, dann erst drehte er sich um und stellte den Kaffee für Merit auf den Tisch. Er räumte das dicke Buch beiseite und begann die Kartons und das Papier aufzuräumen.

»Haben Sie das Buch extra für Toby gekauft?«, fragte Merit Soerensen, als sie die Küche betrat.

»Das kann man so nicht sagen«, Bengt ließ sich bei seiner Arbeit nicht stören, »ich musste früher beruflich viel mit dem Flugzeug unterwegs sein, und da dachte ich, es wäre mal interessant zu sehen, mit wie vielen unterschiedlichen Maschinen ich geflogen bin. Ich habe abends ja jede Menge Zeit, schließlich muss ich mich doch mit irgendetwas beschäftigen.«

»Natürlich«, sagte Merit, »und da bieten sich Flugzeuge geradezu an.«

»Sie sagen es, Frau Soerensen, Sie sagen es. Und nun trinken Sie Ihren Kaffee, sonst wird er nämlich kalt. Außerdem warten alle Gardinen dieser Welt auf uns und wollen aufgehängt sein.«

Als sie dann an die Gardinen gingen, fragte Bengt Brodersen seine Haushaltshilfe, ob es ihr etwas ausmachen würde, auf die Leiter zu steigen, da ihm sehr leicht schwindlig würde.

»Ich muss mir nur vorstellen, auf einem Balkon zu stehen, schon werde ich schwindlig«, sagte Bengt.

»Damit habe ich kein Problem«, sagte Merit, und sie begannen mit der Arbeit, die ihnen schnell von der Hand ging.

Bengt fühlte sich beschämt, weil er nur die Gardinen anreichte, während die junge Frau auf der Leiter die ganze Arbeit machte. Und er fühlte sich unwohl, weil er immer den Körper der jungen Frau vor sich sah, wenn er ihr die Schals gab und diese dann hielt, bis Merit Soerensen sie an den Klammern befestigt hatte.

Es war ein seltsames Gefühl, so auf Tuchfühlung mit ihr zu arbeiten, manchmal berührten sich auch ihre Hände. Broderson war froh, als der letzte Schal hing, er klappte die Leiter zusammen und brachte sie in den Keller. Diese Merit Soerensen ist eine sehr hübsche Frau, dachte Brodersen, als er im Keller stand, und sehr, sehr attraktiv. Er hörte, dass jemand die Hausklingel betätigte und stieg wieder nach oben. Merit hatte die Tür schon geöffnet und betrachtete interessiert zwei Männer, die in blauen Kitteln vor ihr standen.

»Wir sollen bei Brodersen einen Fernseher anliefern und montieren. Sind wir hier richtig?«, sagte gerade einer der Männer, als Brodersen aus dem Kellergang auftauchte. Die Fernsehleute! Er hatte vollkommen vergessen, dass die ja auch noch für heute angesagt waren.

»Ich, ich ...«, Merit Soerensen sah Bengt Brodersen fragend an.

»Hier sind Sie richtig«, sagte Bengt, und zu Merit gewandt, »ich habe heute Morgen auch noch einen Fernseher gekauft. Habe ich vergessen zu erzählen.«

»Na, an Ihnen kann es jedenfalls nicht liegen, wenn die Wirtschaft nicht brummt«, sagte Merit.

»Und eine Playstation sollen wir doch auch bringen«, sagte der Mann, der eben schon gesprochen hatte.

»Psst . . .«, entfuhr es Bengt.

»Eine was?« Merits Blick sah von dem Mann zu Bengt und wieder zurück.

»Hat sich erledigt, ich kümmere mich drum«, sagte Brodersen und drängelte sich zwischen Merit und die Tür.

Merit zuckte mit den Schultern, drehte sich um und ging zurück in Richtung Wohnzimmer. »Entschuldigen Sie bitte, dass ich so barsch war«, sagte Bengt zu dem Mann, dem er über den Mund gefahren war, »die Playstation soll eine Überraschung sein.«

»Ach so«, sagte der Mann, »ist schon in Ordnung.«

Da es nur einen Ort gab, wo der Fernseher stehen konnte, nämlich in jener Ecke des Wohnzimmers, wo die Stecker installiert waren, war die Arbeit der Männer schnell getan.

Den Karton mit der Playstation nahm Bengt an sich und verstaute ihn.

Er ließ sich von den Männern erklären, wie das

Gerät am Fernseher angebracht wurde. Das schien nicht besonders schwierig zu sein, wie ihm die beiden Monteure versicherten. »Die Betriebsanleitung ist leicht zu lesen«, sagte einer von ihnen.

»Oh ja«, sagte Bengt, »natürlich. Ich liebe Betriebsanleitungen.«

Die beiden Monteure lächelten, als Bengt ihnen ein viel zu großes Trinkgeld in die Hand drückte.

»Das mit der Betriebsanleitung für die Playstation wird schon klappen«, sagte der eine Monteur, »sonst rufen Sie uns an. Wir kommen gern nochmals raus, kein Problem für uns, nich', Gerd?«

»Nö, null Problem«, sagte der, der bislang noch kein Wort von sich gegeben hatte, »echt kein Problem.«

»Vielen Dank, meine Herren«, sagte Bengt und schloss die Tür hinter ihnen.

Als er das Wohnzimmer betrat, erstarrte er. Merit Soerensen hatte sich über die Umzugskiste hergemacht, in die er all die gerahmten Familienfotografien gelegt hatte, die auf der Ebenholzkommode standen, die er von seiner Mutter geerbt hatte. Fotos von Annegrit, von Lilly, von Justus – von seiner Familie eben.

Merit hielt ein Staubtuch in der Hand, mit dem sie die Rahmen abwischte. Viele der Bilder standen bereits auf der Kommode. Er hatte vergessen, ihr mitzuteilen, dass er diese Kiste auspacken wollte.

Jetzt war es zu spät, etwas zu sagen.

»Ist das Ihre Familie?« Merit wies mit der Hand, in der sie das Staubtuch hielt, auf die Silberrahmen.

»Ja«, sagte Bengt, »das ist meine Familie.«

Eine Stille legte sich zwischen sie, die Brodersen unbehaglich war.

»Oh, Verzeihung«, sagte Merit, »ich wollte Ihnen nicht . . .«

»Ach, nein«, sagte Bengt und trat zur Kommode, »sind Sie auch nicht. Das ist . . . das war meine Frau Annegrit, sie verstarb im Mai«, er deutete auf einen der Rahmen, »aber wir lebten schon längere Zeit getrennt. Das hier ist mein Sohn Justus. Wir haben aber schon längere Zeit . . .« Bengt brach ab.

Hinter ihnen war ein Geräusch zu hören, Bengt drehte sich um und sah Toby, der seine Mutter mit hochrotem Kopf ansah. Das Flugzeugbuch drückte er mit beiden Armen gegen seine Brust, als gelte es, das Kostbarste der Welt zu schützen.

Dann lief er zu seiner Mutter und flüsterte ihr etwas ins Ohr.

»Ja, ich mache dir einen Kakao«, sagte Merit und gab Toby, der sich umdrehte, um zurück ins Arbeitszimmer zu laufen, einen Klaps auf den Po.

»Ich bringe ihn dir gleich«, rief sie ihrem Kind hinterher.

»Einen Kakao könnte ich auch vertragen«, sagte Bengt, öffnete eine der Schubladen der Kommode und entnahm ihr eine Schachtel Zigaretten.

»Sie rauchen?«, fragte Merit.

»Nur noch manchmal«, sagte Bengt.

»Kann ich auch gleich eine haben?«, fragte Merit.

»Sie rauchen?«

»Ganz selten«, sagte Merit.

Bengt hielt seinen Becher Kakao in beiden Händen, die Wärme des heißen Getränks tat ihm gut. »Vor gut neun Jahren ist meine Tochter Lilly in New York erschossen worden, mein Sohn Justus, Lillys Zwillingsbruder, lastet mir ihren Tod an, weil ich sie dazu gezwungen habe, ein Praktikum in New York zu absolvieren. Seit dieser Zeit haben wir nicht mehr miteinander gesprochen. Ich weiß nicht, wo und wie er lebt. Meine Frau und ich«, Bengt stockte, »meine Frau und ich haben uns danach auseinandergelebt. Sie ist im Mai hier auf Sylt gestorben. Sie war eine sehr gute Malerin und hatte sich hierher zurückgezogen. Ja, die Fotografien zeigen meine Familie. Oder das, was sie einmal war.«

Bengt löste seine Hände von dem Becher und legte sie mit den Handflächen nach unten vor sich auf den Tisch. Er sah die Altersflecken und sah sie doch nicht. Aber er spürte, dass Merit Soerensens Hand seine rechte Hand kurz streichelte. Dann stand sie auf und stellte die leeren Becher in die Spüle.

Toby blickte Bengt Brodersen aufmerksam an, während seine Mutter ihm die dicke Windjacke anzog. »Toby, du kannst das Buch mit den Flugzeugen ruhig mit nach Hause nehmen«, sagte Bengt, »ich will heute Abend meinen neuen Fernseher ausprobieren.«

Toby riss sich von seiner Mutter los, die gerade noch an dem Reißverschluss der Jacke nestelte, und stürmte zurück in Bengts Arbeitszimmer.

Mit dem Buch unter dem Arm drehte sich Toby im Hauseingang zu Bengt um, und seine Lippen formten das Wort »Danke«.

»Bitte«, sagte Bengt genauso unhörbar.

Für einen Moment blieb Brodersen, nachdem er die Eingangstür hinter Merit Soerensen und ihrem Sohn geschlossen hatte, im Flur stehen und schöpfte nach Atem.

Wieso hatte er mit der jungen Frau über seine Familie, seine zerbrochene Familie, gesprochen? Was hatte ihn nur dazu gebracht, Merit Soerensen etwas von seinem Leben zu erzählen?

»Du bist einsam, Bengt«, sagte er zu sich, »ja, das ist es. Du bist einsam.«

In der Küche goss er sich einen Whisky ein und trank einen guten Schluck. Dann holte er sich eine weitere Zigarette.

12.

Mit dem linken Ellenbogen öffnete Bengt Brodersen die Tür zum Atelier seiner Frau. In seinen Händen hielt er den Whisky, Aschenbecher, Zigarettenschachtel und das alte Silberfeuerzeug seines Schwiegervaters, das er nach dessen Tod geerbt hatte. Brodersen schaffte es, den Lichtschalter zu drücken und in den Raum ergoss sich warmes Licht.

Es roch nach Farben und Terpentin und über allem vermeinte Brodersen, den Duft des Parfüms seiner verstorbenen Frau wahrzunehmen.

Schon von der Tür aus sah er das Konvolut der Bilder, von dem der Architekt gesprochen hatte, und er erkannte auch Annegrits Handschrift auf dem Briefumschlag, den sie mit einem Klebestreifen an die Rückseite des ersten Bildes geklebt hatte.

»Für Bengt«, stand da, geschrieben in ihrer klaren Handschrift. Mit einem Mal begannen seine Hände heftig zu zittern, und er stellte die Sachen, die er mitgebracht hatte, auf dem kleinen Tisch ab. Seine Hände zitterten so heftig, dass er den Knoten des Bindfadens, den Annegrit quer und längs um die Bilder geschlungen hatte, nicht öffnen konnte.

Als sich das Zittern etwas beruhigte, versuchte er erneut, den Faden zu lösen, aber die Knoten, die Annegrit gemacht hatte, waren so fest, dass es Bengt unmöglich war, sie zu öffnen.

So löste er den Brief ab, legte ihn auf den kleinen Tisch und holte ein Messer aus der Küche, mit dem er das Band zerschnitt.

Für einen Moment hingen seine Hände in der Luft über den Bildern, so als wolle er sie segnen, dann aber ließ er sie sinken, unfähig, die Bilder anzusehen.

Bengt nahm sich das Glas, trank einen Schluck und zündete sich eine Zigarette an. Er setzte sich vor die Bilder, starrte den Rücken des ersten Bildes an, den Aschenbecher neben sich. Er wusste nicht, wie viel Zeit vergangen war, als er das erste Bild umdrehte, aber er wusste, was ihn erwartete, wenn er sich die Bilder endlich ansehen würde.

Lilly.

Annegrit hatte mit Kohle und mit Bleistift Lilly wieder ins Leben zurückgerufen. Sie hatte das Gesicht ihrer Tochter studiert, hatte Momentaufnahmen aus dem Leben ihrer Tochter skizziert, hatte Lillys Gesicht in verschiedenen Lebensphasen auf Papier gebannt, manchmal waren im unteren Bereich noch einmal Lillys Lippen, die Nase oder die Augenpartie intensiver porträtiert.

Es war, als hätte Annegrit das Leben Lillys von der Geburt an bis zu ihrem Tode verfolgt. Immer wieder sah Bengt sich die Bilder an, und jedes Mal entdeckte er eine Feinheit, die ihm zuvor entgangen war.

Bengt stellte die Bilder nebeneinander an die Wand und setzte sich wieder auf den Boden, und wenn er erwartet hatte, dass das Betrachten der Bilder ihn traurig machen würde, so musste er nun erfahren, dass es ihm ganz anders damit erging.

Die Bilder strahlten eine Leichtigkeit aus, die ihn verzauberte, und die Bilder brachten ihm Lilly so nah, so unglaublich nah, als sei sie hier mit ihm in diesem Raum.

Bengt Brodersen spürte eine große Dankbarkeit in sich. Entschlossen lehnte er sich zurück und zog den Briefumschlag vom Tisch, riss ihn auf und begann zu lesen.

Lieber Bengt,
wenn du diesen Brief liest, werde ich schon tot sein. Das ist mir klar und so soll es auch sein. In den letzten Tagen ist es mir nicht gut gegangen, und mir ist in der letzten Nacht klar geworden, dass ich nicht mehr lange zu leben habe. Du magst denken, dass man das nicht wissen kann. Aber glaube mir, ich weiß es. Und deshalb schreibe ich dir diesen Brief, denn ich darf diese Welt nicht verlassen, ohne noch einmal zu dir zu sprechen.
Ich habe überlegt, ob es gerechter wäre, mit dir zu telefonieren oder dich zu einem Gespräch zu bitten, denn dann hättest du die Chance, auf das, was ich dir

zu sagen habe, antworten zu können. Aber diese Chance will ich dir nicht geben, nicht weil du jetzt mit Vorwürfen überschüttest wirst, oh nein, dazu gibt es, wie ich heute weiß, keinen Grund, sondern ich will dir die Chance zu antworten deshalb nicht geben, weil ich ohne eine Unterbrechung zu dir sprechen will.

Lilly ist tot, sie ist seit vielen Jahren tot. Was geblieben ist, ist die Erinnerung an einen Menschen, mit dessen Herzschlag ich einst eins war, und geblieben ist ein dumpfer, nie endender Schmerz und die ewig bohrende Frage nach dem »Warum?«.
Was ich damals nicht konnte, war, diese Frage zu ertragen. Ich habe nicht begriffen, dass kein Wasser dieser Welt diese Frage von mir abwaschen und fortschwemmen kann, dass kein Sturm dieser Welt so stark sein kann, dass er sie von mir zerren und hinfortwirbeln kann, dass kein Eis dieser Welt so kalt sein kann, dass es die Frage auf immer und ewig einfrieren kann. Ich habe nicht begriffen, dass dieses »Warum?« immer mit mir sein wird. Mal stärker, mal schwächer, aber immer da.
Aber ich wollte eine Antwort. Unbedingt.
Du hattest dich damals durchgesetzt und so ging Lilly nach New York, dort ist sie gestorben. Ist diese Tatsache das »Darum«?
Nein, Bengt, das ist nicht die Antwort. Heute weiß ich es. Ich dachte, mein Schmerz würde kleiner werden oder sogar verschwinden, wenn ich eine Antwort auf

meine Frage hätte. So verzweifelt habe ich nach einer Antwort gesucht, ich kann es dir nicht sagen. Ich bin gegen das Leben angerannt, gegen das Leben, von dem ich annahm, ich hätte es im Griff und es wäre meinem Willen untertan.

Das Zeichnen dieser Skizzen und Porträts hat mich gelehrt, mit meinem Schmerz zu leben. Und weißt du, was ich noch gemacht habe, Bengt?
Du kannst dir leicht denken, dass es noch viel mehr Zeichnungen gibt, die unsere Lilly zeigen. So habe ich mir ein bleiummanteltes Rohr mit einem sicheren Verschluss bauen lassen, es mit Zeichnungen voll gestopft und auf dem Grundstück vergraben.
Es war ein gutes Gefühl, dieses Rohr im Dunkel der Nacht zu vergraben. Es war, als hätte diese Heimlichkeit meinen Schmerz gedämpft.
Ich werde dir nicht sagen, wo die Stelle ist. Mir ist es sehr wichtig, dieses Geheimnis mit in mein Grab zu nehmen.
Vielleicht kannst du das verstehen, und wenn du es nicht verstehen kannst, dann bitte ich dich, es zu akzeptieren und einfach hinzunehmen.
Und bitte, bitte versuche nicht, die Stelle zu finden. Denn so ist Lilly überall auf diesem Grundstück zu spüren.

Bengt, ich könnte noch viel zu unserem Leben sagen, aber ich bin davon überzeugt, dass das nicht notwendig ist.

Damals, als der Tod uns Lilly nahm, da hatten wir uns schon stark aneinander abgelebt. Sicher, alles wäre anders gelaufen, wenn . . .
Nur das Leben läuft eben oder wie Rainer Maria Rilke in »Der Auszug des verlorenen Sohnes« schreibt:

Nun fortzugehn von alledem Verworrenen,
das unser ist und uns doch nicht gehört,
das, wie das Wasser in den alten Bornen,
uns zitternd spiegelt und das Bild zerstört;
von allem diesen, das sich wie mit Dornen
noch einmal an uns anhängt – fortzugehn
und Das und Den,
die man schon früher nicht mehr sah
(so täglich waren sie und so gewöhnlich),
auf einmal anzuschauen: sanft, versöhnlich
und wie an einem Anfang und von nah:
und ahnend einzusehn, wie unpersönlich,
wie über alle hin das Leid geschah,
von dem die Kindheit voll war bis zum Rand –:
Und dann doch fortzugehen, Hand aus Hand,
als ob man ein Geheiltes neu zerrisse,
und fortzugehn: wohin? Ins Ungewisse,
weit in ein unverwandtes warmes Land,
das hinter allem Handeln wie Kulisse
gleichgültig sein wird: Garten oder Wand;
und fortzugehn: warum? Aus Drang, aus Artung,
aus Ungeduld, aus dunkler Erwartung,
aus Unverständlichkeit und Unverstand:

Dies alles auf sich nehmen und vergebens
Vielleicht Gehaltnes fallen lassen, um
Allein zu sterben, wissend nicht warum –

Ist das der Eingang eines neuen Lebens?

Lieber Bengt, ich umarme dich, ich schlinge ein letztes Mal meine Arme um deinen Hals, um dir ins Ohr zu flüstern: Geh in den Keller und schaue hinter diesen alten, hässlichen Spiegelschrank, der im Schlafzimmer meiner Eltern stand. Hinter ihm steht mein Abschiedsgeschenk für dich. Ich weiß, es wird dir gefallen.

So, jetzt löse ich meine Arme und werde zu deiner Erinnerung,

Annegrit

PS: Pass auf dich auf. Rüm Hart.

Bengt Brodersen hielt den Brief ganz ruhig in seinen Händen, sie zitterten nicht mehr. Seine Augen brannten, bis die ersten Tränen kamen. Und er versuchte nicht, das Weinen zu unterdrücken.

Er faltete den Brief zusammen, langsam und vorsichtig, und stellte ihn gegen eines der Bilder. Noch einmal ließ er seinen Blick durch den Raum schweifen, dann löschte er das Licht. Leise und behutsam schloss er die Tür, so, als befürchte er, er könne eine gerade Eingeschlafene wecken.

Es war ein sehr großes Bild, das Annegrit hinter dem Spiegelschrank im Keller verstaut hatte. Und schwer war es, offensichtlich hatte sie es rahmen lassen, denn Bengt Brodersen fühlte den Wulst des Rahmens durch das dicke Packpapier hindurch.

Er schleppte das Paket ins Wohnzimmer und lehnte es vorsichtig an den neuen Fernseher.

Diesmal ließen sich die Knoten leicht lösen, und zum Vorschein kam das Ergebnis, das Ziel aller Skizzen und Studien, die Annegrit von Lillys Gesicht entworfen hatte.

Ein Porträt in Öl, so herzzerreißend Lilly, so warm und so nah, dass Bengt mehrmals mit seiner Hand über das Bildnis strich, um die Wärme seiner Tochter zu fühlen.

An diesem Abend sah Bengt Brodersen nicht fern, sondern irgendwann in der Nacht schlief er vor dem Bildnis seiner Tochter Lilly ein.

13.

»Papa, das tut weh.« Paula zog an ihrer Hand, die von Justus' Hand eingeschlossen war. Sie standen vor einem großen Haus und Paula hatte genau gespürt, dass sich ihr Vater verkrampft hatte, als sie vor dem Haus angekommen waren. Immer doller hatte seine Hand gepresst. Sie hatte versucht, den Schmerz auszuhalten, aber dann war er zu groß geworden.

Justus Brodersen war den Tränen nahe, als er auf sein Elternhaus sah, und eine unglaubliche Wut stieg in ihm auf, so unglaublich, wie er es nur erlebt hatte, als er seinem Vater vor dem Leichenschauhaus in New York sagte, dass er ihn nie, nie wieder sprechen oder sehen wollte.

Wie aus einer weiten Ferne drangen Paulas Worte an sein Ohr, und ganz langsam löste sich der Krampf in seiner Hand, sodass Paulas Hand sich der seinen entziehen konnte. »Weinst du, Papa?« Aus dem Augenwinkel sah Justus, dass seine Tochter ihn aufmerksam beobachtete.

»Nein, ja . . ., bitte, Paula, lass Papa einen kleinen Augenblick in Ruhe.« Justus fuhr sich über die Augen, um die ersten Tränen wegzuwischen. Aber das war ein sinnloses Unterfangen, denn eine solche Flut von Tränen drängte sich in seine Augen, dass er wusste, es würde unmöglich sein, sie alle wegzuwischen oder sie gar einzudämmen.

»Was ist das für ein Haus, warum guckst du dir das an?«, fragte Paula.

Ohne seinen Blick von dem Haus zu wenden, sagte Justus: »Das Haus ist mein Elternhaus.«

»Was ist ein Elternhaus?«, fragte Paula.

Für eine Sekunde war Justus darüber verwirrt, dass Paula nicht wusste, was ein Elternhaus war.

»Ein Elternhaus ist ein Haus«, er stockte, »ach, dies ist das Haus, in dem dein Vater gelebt hat, als er ein kleiner Junge war, in dem ich also aufgewachsen bin. Da oben war mein Zimmer.« Mit seiner Hand wies Justus zum ersten Stock des Hauses hin.

Wenn Paula gewusst hätte, dass die Fahrt damit enden würde, dass ihr Papa weinen würde, dann wäre sie nie und nimmer in ein Taxi vor diesem schönen Hotel eingestiegen, das mitten in der Stadt lag, die ihr Vater »Hamburg« nannte, und das an einem kleinen See lag, den er »Binnenalster« nannte.

Für Paula war sowieso alles sehr anstrengend, sie musste ständig Deutsch reden, natürlich verstanden sie die Leute im Hotel, wenn sie Amerikanisch sprach, aber ihr Papa, ihr Papa sprach nur noch Deutsch. Auch mit ihr. Und das war anstrengend.

»Warum weinst du, wenn du dein Elternhaus siehst?«, fragte Paula.

»Weil . . . weil . . ., ach, Paula, du kannst Fragen stellen.« Justus musste unwillkürlich lächeln.

»Und was steht da auf dem Schild im Garten?«, fragte Paula.

»Da steht«, wieder stieg diese unglaubliche Wut in Justus hoch, »da steht ›Zu Verkaufen‹«, sagte Justus.

Wie konnte sein Vater es nur wagen, wie konnte er es nur wagen, das Elternhaus, Justus' Elternhaus, zu verkaufen?

»War unser Haus in Seattle mein Elternhaus?«, fragte Paula.

Die Tage in New York und die der Überfahrt nach Europa waren unbeschwert und leicht gewesen.

Justus und Paula waren von vielen Freunden eingeladen worden, Freunden, die Justus während seines Studiums kennen gelernt oder bei anderen Gelegenheiten gewonnen hatte.

Das kleine Grüppchen, das sie dann am Quai verabschiedet hatte, hatte ihn hoffen lassen, dass sie sich alle noch einmal in diesem Leben wiedersehen würden und dass die Beteuerungen, »Wir besuchen euch ganz bestimmt in Deutschland«, nicht nur Beteuerungen waren, die aus allgemeiner Hilflosigkeit gesagt worden waren.

Aber schon, als das Grüppchen am Quai durch das sich entfernende Schiff immer kleiner wurde und nur noch das große Bettlaken im Wind flatterte, das drei seiner Freunde hochhielten, beschlich

Justus die Erkenntnis, dass dies ein Abschied, ein wirklicher Abschied war, ein Abschied für lange, wenn nicht sogar für immer.

Er dachte daran, dass er nun den Kontinent verließ, auf dem die »Wanderin«, die Mutter seiner Tochter, ruhelos umherzog – bis sich ihr Schicksal erfüllen würde, ein Schicksal, von dem niemand ahnen konnte, wie es sein würde. Ein Schicksal, von dem er nur hoffen konnte, dass es so war, wie Yvonne es sich wünschte. Denn schließlich hatte Justus sie einmal geliebt, geliebt auf die Art, die seine ureigenste war; auch wenn er ihr nicht hatte genügen, sie nicht hatte halten können.

Dieser Gedanke hatte seine aufgewühlte Seele beruhigt, damals, nachdem sie ihn verlassen hatte, der Gedanke, dass er sie so geliebt hatte, wie eben nur er sie hatte lieben können. Und es hatte ihn beruhigt, denken zu können, dass Yvonne ihn so geliebt hatte, wie sie es eben konnte.

Er dachte daran, dass seine Zwillingsschwester Lilly auf diesem Kontinent gestorben war. Auch wenn ihr Körper schon längst in ihrer Heimat beerdigt war, so strich ganz bestimmt noch ein Teil ihrer Seele über dieses Land.

Dort, an Bord der auslaufenden QE2, war Justus traurig, aber dennoch für einen Moment versöhnt mit der Welt.

Die Überfahrt war von der Seewetterlage her ruhig, von der menschlichen Wetterlage allerdings ein bisschen bizarr gewesen.

Paula und ihr Vater waren vom ersten Moment an die Stars an Bord gewesen. Ein kleines, entzückendes Mädchen reiste allein mit ihrem Vater über den großen, großen Ozean. Wo war die Mutter? War sie verstorben? War der Vater allein erziehend? Geschieden? Welches Geheimnis verbarg sich da?

Fragen über Fragen, die den Frauen an Bord keine Ruhe ließen. Und als dann noch der Kapitän am ersten Abend Paula zu seiner Tischdame bestimmte, da schwirrten die Gerüchte über die Decks wie Bienen in ihrem Korb.

Der Abend war so einmalig wie ein Kometenstreif am nachtdunklen Himmel, weil Paula die Menschen mit ihrer unverstellten Art verzauberte. Sie und Millie hielten, ohne es zu wissen und beabsichtigt zu haben, einen Spiegel hoch, in dem man sehen konnte, wie Leben sein kann.

Als sie dann auch noch sagte: »Du, Herr Kapitän, musst du nicht eigentlich arbeiten? Wenn mein Papa arbeitet, dann darf ich nie an seinem Tisch sitzen«, da war es selbst um jene Frauen geschehen, die beleidigt gewesen waren, dass der Kapitän sie nicht zur Tischdame erkoren hatte.

Und als dann Paula in ihrem Stuhl mit Millie im Arm einschlief und sich eine Stewardess anbot, das Kind ins Bett zu bringen, Justus jedoch darauf bestand, es selbst zu tun, da gab es kein unberührtes Herz mehr.

Als Justus, nachdem er Paula und Millie ins Bett

gebracht hatte, in den Saal zurückkehrte, gab es kein Gesicht, das ihn nicht anstrahlte.

Der Abend in den verschiedenen Discos machte Justus zum Hahn im Korb, die Frauen drängten sich an ihn, flirteten mit ihm, baten ihn an ihren Tisch. Hätte er alles getrunken, was ihm angeboten worden war, dann hätte ihn nur noch der Bordarzt vor dem Koma retten können.

In einem unbeobachteten Moment stahl er sich davon und ging mit einem Glas Champagner auf das Deck der »Ersten Klasse«.

Er sah in den verhangenen Himmel, trank das Glas aus und warf es mit weitausholender Bewegung über Bord.

Dann ging er in seine Kabine, wo Paula und Millie schliefen und selbstverständlich davon ausgingen, dass er, wenn sie am nächsten Morgen aufwachten, neben ihnen liegen würde.

»Ist das immer traurig, wenn ein Elternhaus verkauft wird?«, fragte Paula und sah ihren Vater an, der wie gebannt auf das Haus starrte.

»Nein, nicht immer . . . nein, das ist nicht immer traurig, nur hier«, sagte Justus.

»Du meinst, bei diesem Haus ist es traurig, weil es ein besonders schönes Haus ist?«

»Nein, Paula, das ist es nicht . . . oder doch . . . wie soll ich dir das nur erklären.« Justus ging in die Hocke und umarmte seine Tochter. Er spürte die Wärme ihres Körpers.

»Er hätte es mir sagen müssen«, sagte Justus in

den kleinen Nacken seiner Tochter, »er hätte es mir sagen müssen.«

»Wer?«, fragte Paula und schlang den Arm um den Hals ihres Vaters.

»Mein Vater, dein Opa«, sagte Justus.

»Mein Opa?« Paula war verwirrt.

»Ja«, sagte Justus, »mein Vater, mein Vater ist dein Opa, dein Großvater. Ich bin dein Vater und mein Vater ist dein Großvater. So nennt man das. Ich bin dein Vater, und wenn du einmal selber Mutter bist, also eigene Kinder hast, so wie ich dich jetzt habe, dann ist dein Mann der Vater deiner Kinder, und ich bin der Opa deiner Kinder, ihr Großvater eben.«

»Dann«, sagte Paula, »dann fahren wir jetzt eben zu diesem großen Mann und sagen ihm, dass es so nicht geht.«

14.

Am Sonnabend erwachte Brodersen heiter, und als er durch die zugezogenen Vorhänge die Helligkeit des jungen Tages ahnte, verbesserte sich seine Laune nochmals. Er zog die Vorhänge zur Seite und tatsächlich, dieser Novembertag präsentierte sich ihm mit einem Himmel, der Blau in Blau war. Eine Wintersonne stand gelassen am Himmel und ließ die Kristalle, die sich in der Nacht auf der Wiese gebildet hatten, funkeln. Es musste in der Nacht leicht gefroren haben. Bengt war es, als könne er die kalte, mit den Aromen der See angefüllte Luft durch das geschlossene Fenster riechen und tief in seine Lungen ziehen. Er lief hinunter, warf die Kaffeemaschine an und verschwand wieder nach oben, um unter die Dusche zu gehen.

Danach warf er sich den Bademantel über, um den ersten Becher Kaffee zu trinken. Ja, heute würde er nach Westerland zum Markt fahren und einkaufen. Heute würde er kochen, was, darüber war er sich noch nicht im Klaren. Aber er vertraute darauf, dass ihn die angebotenen Waren der Händler inspirieren würden.

In den vergangenen Tagen hatte er immer wieder

in den gekauften Büchern gelesen, hatte zwischen Fisch und Fleisch geschwankt, sich dann aber verboten, etwas zu machen, was er nur in die Pfanne legen musste – etwa ein Steak oder ein Stück Fisch.

Nachdem er sich rasiert und angezogen hatte, brühte er einen weiteren Kaffee auf, holte Zettel und Stift und begann, einen Einkaufszettel zu schreiben. Er brauchte noch Öl, Margarine, Gemüse, sicherlich Zwiebeln und Kartoffeln. Die Liste wurde immer länger und Bengt hoffte, dass der Markt überhaupt so lange geöffnet hatte, damit er all das einkaufen konnte.

Draußen war es kalt, aber es war eine wunderbare Kälte, klar und trocken, und die Sonne gab dem Tag etwas Frisches und Unverbrauchtes.

Bengt Brodersen holte den Wagen aus der Garage und fuhr in Richtung Westerland. Als er nach rechts in Richtung Wenningstedt abbog, wurde ihm bewusst, dass er den Einkaufszettel vergessen hatte. Der lag wohlbehalten und trocken auf dem Küchentisch. Bengt überlegte sich, ob er zurückfahren sollte, entschied sich aber dagegen und verbrachte den Rest der Fahrt damit, die Einkaufsliste zu rekapitulieren.

Gemüse, Kartoffeln, Fleisch. Ach ja, Zwiebeln und Bratenfett. War da noch was?

Bengt erwischte einen Parkplatz im Hebbelweg, verzichtete aber darauf, einen Parkschein zu ziehen. Schließlich war Sonnabend.

Der Markt war schon gut besucht, gleich an der Ecke wurden Schafsfelle und Getöpfertes angeboten, an einem anderen Stand dicke Pullover und Mützen. Für einen Moment war Bengt versucht, eine warme Mütze für den Winter anzuprobieren, aber eigentlich hasste er Mützen und Hüte auf seinem Kopf.

Dann stieß er auf den ersten Gemüsestand, aber noch wollte er nichts kaufen, sondern sich nur einen Überblick verschaffen. Also schlenderte er weiter.

An einem Stand mit italienischen Lebensmitteln, hier wurden eingelegte Tomaten, Pepperonis, Schafskäse und andere Käsesorten angeboten, kaufte er dann ein. Eine Flasche Olivenöl, eingelegte grüne und schwarze Oliven und eine Hand voll Pepperonis, dazu ein kleines italienisches Brot.

Bengt stand lange an einem Stand, wo Schinken, Mettwurst, Honig und Apfelsaft aus eigener Produktion angeboten wurden, aber hier kaufte er nichts.

Er stellte sich an einem Gemüsestand an, vor dem sich eine kleine Schlange gebildet hatte.

Nur langsam ging es vorwärts, denn für einen kleinen Plausch wurde sich Zeit genommen. Zudem schienen die Menschen sich untereinander gut zu kennen. Diese Marktgänger waren eine eingeschworene Gruppe, zum Teil zumindest.

Bengt Brodersen mochte das Gefühl, irgendwie dazuzugehören. Außerdem spürte er die Strahlen der Sonne auf seinem Gesicht.

»Moin«, sagte die Marktfrau, als Bengt an der Reihe war.

»Moin«, sagte Bengt und lächelte sie an.

»Was darf's denn sein?«

»Kartoffeln, ja, Kartoffeln und Zwiebeln.«

»Festkochende oder leicht mehlige Kartoffeln?« Die Frau sah Bengt an.

»Ja, äh ... was empfehlen Sie?«

»Wozu brauchen Sie sie, für Kartoffelsalat oder einfach als Salzkartoffel?«

»Das ist noch nicht ... äh ... aber keinesfalls für Kartoffelsalat.«

»Na, fangen Sie doch mit den Mehligen an, oder nehmen Sie halbe halbe ... wie viel sollen es überhaupt sein?«

»Ein Kilo oder zwei?«, sagte Bengt.

»Fragen Sie mich?« Die Frau lächelte.

»Zwei Kilo mehlige Kartoffeln, bitte, und ein Kilo Zwiebeln«, sagte Bengt entschlossen.

»Sonst noch etwas?«

»Gemüse«, sagte Bengt.

»Soll ich raten, welches?« Jetzt schaute die Frau belustigt.

»Also ...«, Bengt lächelte zurück.

»Wozu soll es sein?«

»Rosenkohl ... ich nehme Rosenkohl. Ein Kilo, bitte.«

»Ein Kilo, sehr wohl, für wie viele Personen soll es reichen?«

»Für mich allein«, sagte Bengt.

»Oh, na denn man zu. Sonst noch was?«

»Nein«, sagte Bengt, »und vielen Dank.«

»Dafür nicht«, sagte die Frau und reichte ihm die Beutel.

Ziellos ging Brodersen an den Ständen entlang. Was sollte er nun kaufen, Fisch oder Fleisch? Der Zufall soll entscheiden, dachte er, und weil als nächstes der Stand einer Schlachterei kam, stellte er sich dort an.

Als er an der Reihe war, war er immer noch nicht klüger als zuvor.

»Was darf's sein?« Der Schlachter schaute ihn an.

Bengts Blick irrte über die Berge von Fleisch, er biss sich auf die Unterlippe. »Tja . . .«, sagte Bengt.

»Tja haben wir nicht«, sagte der Schlachter und freute sich über seinen Scherz.

»Was ist denn das da?« Bengt wies auf einen geschlossenen Plastikbeutel, in dem ein Stück Fleisch in einer trüben Flüssigkeit lag.

»Das ist unsere Spezialität. Daraus können Sie sich einen Sauerbraten machen, das Fleisch ist vier Tage eingelegt, herrlich mürbe. Sie können sofort anfangen. Anbraten, schön von allen Seiten, mit Zwiebeln natürlich, und dann gut zwei Stunden schmoren lassen. Dazu Rosenkohl und Kartoffeln.«

»Rosenkohl habe ich schon«, sagte Bengt.

»Na, dann ist ja alles im Lack«, der Schlachter beugte sich vor und hob einen der Beutel an, »das hier ist ein wirklich schönes Stück Fleisch.«

Er legte es auf die Waage und nannte den Preis. Als Bengt bezahlt hatte, reichte der Mann ihm den Beutel über die Theke.

»Bitte sehr, und hier habe ich noch ein Sauerbraten-Rezept für Sie. Wohl bekomm's.« Der Schlachter drückte ihm einen kleinen Zettel in die Hand.

»Vielen Dank«, sagte Bengt.

In diesem Moment zupfte etwas an seiner Jacke. Erstaunt sah sich Brodersen um, hinter ihm stand Toby und lächelte ihn an. Neben ihm stand eine blonde Frau, die ihn an der Hand hielt. Vielleicht war sie etwas jünger als Brodersen, aber wenn überhaupt, dann nur unwesentlich. Ohne aufdringlich gekleidet zu sein, wirkte sie elegant. Ihr großer Mund mit vollen Lippen lächelte, als sie ihn ansah.

»Guten Tag, Herr Brodersen, ich bin Lille Tamm. Tobys Oma«, sie streckte ihm die Hand hin, »also Merits Mutter«, schob sie zur Erklärung nach.

»Ja ... natürlich ... ja, Tag, Toby, Tag, Frau Tamm.« Bengt brauchte etwas Zeit, um die Tüten zu entwirren, endlich hatte er seine rechte Hand frei und schüttelte Lille Tamms Hand. »Freut mich sehr, Sie kennen zu lernen.«

»Na, Sie haben ja viel eingekauft.«

»Der Mensch muss essen«, Bengt ärgerte sich über den blöden Satz, »ich meine ...«

»Richtig«, sagte Lille Tamm, »meine Tochter hat erzählt, dass Sie sich mit Kochbüchern eingedeckt haben, um kochen zu lernen.«

»So ... hat sie das erzählt?« Bengt wusste nicht so genau, wo er hinschauen sollte, stattdessen fuhr er Toby über den Kopf. Als Bengt realisierte, was er da gerade tat, zuckte er zusammen, so nah war er dem Jungen noch nie gekommen. Aber Toby schien es nicht zu stören.

»Oh ... ich hoffe, ich habe nichts ausgeplaudert, was ich nicht wissen darf«, sagte Lille Tamm, aber ihre Stimme hörte sich überhaupt nicht schuldbewusst an. »Was soll es denn geben?«

»Sauerbraten mit Kartoffeln und Rosenkohl.«

»Alle Achtung, da haben Sie sich einiges vorgenommen«, sagte Tobys Oma, die wie alles andere aussah, nur nicht wie eine Oma.

»Wenn ich's hinkriege«, sagte Bengt Brodersen.

»Na, wenn's Fragen gibt, rufen Sie mich einfach an. Ich bin Spezialistin für Sauerbraten. Die Telefonnummer haben Sie. Komm, Toby, wir müssen weiter.« Sie lächelte Brodersen an und ergriff Tobys Hand.

»Schönes Wochenende«, sagte Bengt. »Toby, grüße bitte deine Mutter. Und Sie bitte Ihre Tochter, Frau Tamm.«

»Machen wir, machen wir.« Die Frau lächelte und zog Toby mit fort.

Wenige Meter entfernt drehte sich Toby um. Er strahlte Bengt an und winkte ihm mit seiner freien Hand zu.

Nachdem Bengt Brodersen seine Einkaufsbeutel im Wagen verstaut hatte, holte er sich noch Geld aus dem Automaten in der Kreissparkasse, dann schlenderte er über die Friedrichstraße, kaufte Zeitungen, später dann noch bei Spar Pfeffer, Senf und allerlei Kleinigkeiten, die ihm beim Gang durch die Regale in die Augen stachen und ihm als unverzichtbar für einen gut geführten Haushalt vorkamen.

Danach ging er zurück zum Wagen und machte sich auf den Heimweg. Als er zur großen Umgehungsstraße kam, sah er vor sich die Straße, die zum Flugplatz führte.

Einer Eingebung folgend fuhr er nicht nach links in Richtung Kampen, sondern nahm die Straße, die ihn zu dem kleinen Sylter Flughafengebäude brachte.

Er parkte seinen Wagen vor dem Eingang. Er würde niemanden dadurch behindern.

In den grauen Linoleumboden war mit farbigen Platten eine Windrose eingelegt, links führte eine Treppe in den ersten Stock, wo ein Restaurant namens »Kolibri« seine Dienste anbot. Von dort her hörte er ein paar Stimmen.

Ansonsten war das Gebäude leer, die vier Check-in-Schalter verwaist, nur hinter einem Schalter in der Halle machte Bengt eine Frau aus, die an einem Bildschirm irgendwelche Arbeiten erledigte.

Brodersen drückte die vor dem Fenster stehende Metallglocke, und die Frau erhob sich.

Als Bengt Brodersen das Gebäude verließ, wusste er alles über Rundflüge über Sylt. Und damit er auch ja nichts vergaß, hatte ihn die Frau mit einem Bündel Prospekte versorgt. Er solle nur kurz anrufen, wenn er den gewünschten Rundflug machen wolle. Alles ginge schnell und problemlos. Man war flexibel.

15.

»Hallo, hallo, meine Lieben, nun setzt euch bitte.« Tobys Lehrerin, Gerlind Mackenroth, schlug einen energischen Ton an, weil ihre fünfzehn Jungen und Mädchen noch immer durch die Klasse wuselten und ihrer ersten Aufforderung nicht Folge geleistet hatten. Nur Toby saß schon an seinem Platz und malte etwas in ein Heft, mit dem er sich auch meistens in den Pausen vergnügte.

Er schaute aber immer wieder hoch und beobachtete seine Klassenkameraden, von denen die ersten sich jetzt auf ihre Plätze begaben.

»Wir haben allerlei zu besprechen«, die Lehrerin eilte nun auf zwei Jungen zu, die miteinander rangen, »das gilt auch für euch; Jonas und Uwe, wenn ihr euch nicht sofort hinsetzt, dann lernt ihr mich von meiner unangenehmen Seite kennen.«

Der mit »Uwe« angesprochene Junge bekam gerade ein »aber Jonas« heraus, als seine Lehrerin ihm das Wort abschnitt.

»Ich will nichts hören, das Lied kann ich singen, ich will, dass ihr euch setzt. Capito?«

Es war ein grauer Tag gegen Ende November, die letzte Nacht hatte es einen schweren Sturm gegeben und in List hatte man den Menschen sogar mitgeteilt, aus Sicherheitsgründen sei es besser, sich in der Nacht im ersten Stock der Häuser aufzuhalten, es drohe eine schwere Sturmflut und die Dämme könnten brechen. Aber zum Glück hatte der »Blanke Hans« sie verschont, doch es war viel Sand weggespült worden und im Süden war die »Hörnum-Odde« wieder kleiner geworden.

Endlich kehrte Ruhe ein, und alle Kinder saßen an ihren Plätzen.

»Toby, nun leg bitte dein Heft zur Seite.« Erschrocken fuhr Toby hoch und kramte schnell sein Zeug zusammen und verstaute es im Drahtkorb unter seinem Tisch. »Es ist zwar noch ein bisschen hin, aber am 21. Dezember, ein Tag, bevor die Ferien beginnen, haben wir wieder die Weihnachtsfeier der Klassen eins bis vier mit den Eltern, Geschwistern und Omas und Opas und allen Verwandten und Freunden, die kommen wollen.«

Kaum hatte Gerlind Mackenroth das gesagt, schwoll der Lärmpegel an, die Kinder redeten durcheinander, erzählten, was sie vortragen, vorführen oder vorspielen wollten.

Die Weihnachtsfeier war der Höhepunkt des Schuljahres, denn jede Klasse war angehalten, ein Programm von 20 Minuten zu gestalten, die Eltern organisierten Essen und Getränke, aber was das Wichtigste war: Jedes der Kinder konnte für ein paar Minuten ein »Star« sein, denn die Erwachsenen geizten nie mit Beifall und Bravorufen.

Die Mitteilung war für Toby wie ein Stich, er bewunderte und beneidete seine Klassenkameraden, die auf der kleinen Bühne etwas vortrugen und dann von den Erwachsenen umjubelt wurden.

Bei der ersten Weihnachtsfeier hatte Toby versucht, seiner Mutter und seiner Oma klar zu machen, dass er dort nicht mit hinwollte. Aber es war vergebens, sie hatten nicht mit sich reden lassen, sondern sagten, dass das ungezogen gegenüber den anderen Kindern wäre, die sich so viel Mühe mit ihren Vorbereitungen gegeben hätten.

»Also, überlegt euch, wer was vorführen will, ob einige gemeinsam etwas vorführen wollen, wer etwas vorlesen, erzählen oder musizieren will. Ihr kennt das schon. Die ganze nächste Woche liegt die List aus, tragt euch ein, und übernächsten Montag reden wir dann darüber. Natürlich könnt ihr mich auch jederzeit ansprechen. Und wie ihr wisst, haben wir ja diese neue tolle Anlage. Diesmal dürft ihr über Mikrophon sprechen. Wie im Fernsehen. Da hört man euch in der letzten Ecke noch. Und ihr könnt auch euren Eltern schon sagen, dass es am 21. Dezember wieder so weit ist. Dann wissen sie auch schon Bescheid, denn wir wollen ja auch schön essen und trinken. Aber ich gebe euch demnächst auch noch einen Elternbrief mit.«

»Mhm, au ja«, rief eines der Kinder in die Klasse, »Kuchen bis ich platze«, rief ein anderes. Sofort schwirrten die Stimmen durcheinander, jeder rief sein Lieblingsgetränk oder sein Lieblingsessen in den Raum oder erzählte, was die Eltern bestimmt mitbringen würden.

Nur Toby saß stumm an seinem Platz und betrachtete das Treiben seiner Mitschüler. »Ich würde so gern auch einmal etwas vortragen können«, dachte er und seine Hände verkrampften sich.

»Hallo, hallo«, rief Frau Mackenroth, »wer hat hier allgemeines Palavern angesagt? Ich kann mich nicht erinnern, so etwas erlaubt zu haben. Die Stunde ist noch lange nicht zu Ende. Besser ist, ihr holt euer Löwenzahnheft heraus. Wir arbeiten nämlich jetzt ein bisschen.«

16.

Der November besserte sich nicht mehr, es war die Zeit der Stürme, die Tage waren eine graue, zähe Masse, und es gehörte nicht viel Fantasie dazu, sich die Frage zu stellen, ob es überhaupt eine Sonne gab.

Aber sie hatten viel geschafft, Merit Soerensen und er. Die Dinge hatten ihren Platz gefunden, auch wenn Bengt Brodersen dann doch das Eine oder Andere noch mal umstellte. Toby war zutraulicher geworden, zwar sprach er noch immer kein Wort, aber seine Scheu gegenüber Brodersen war geringer geworden.

Als Brodersen einmal mit Merit Soerensen in der Küche saß, sie einen Kaffee tranken und Brodersen in den Sylter Nachrichten las, betrat Toby die Küche. Er wollte einen Kakao. »Ach Gott, der kriegt das Bundesverdienstkreuz. Den habe ich mal gekannt, früher war er gegen Orden und meinte, die gehören abgeschafft«, sagte Brodersen.

»Und wer ist das?«, fragte Merit Soerensen.

»Ein Verlagsleiter, hab manchmal mit ihm Geschäfte gemacht, spricht nach rechts anders als nach links. Ich glaube, der hat sein Leben lang gegen seinen Vater gekämpft, der war General oder sowas Ähnliches im Zweiten Weltkrieg, hochdekoriert. So ein Übervater.« Brodersen spürte, dass Toby sich neben ihn gestellt hatte und interessiert das Foto des Verlagsleiters in der Zeitung betrachtete. Er sagte aber kein Wort.

»Haben Sie mal einen Orden bekommen?«, fragte Merit, stellte Toby den Kakao hin und goss ihnen Kaffee nach.

»Nein, nie. Auf die Idee ist nie jemand gekommen.«

Brodersen spürte den Atem des Jungen, der sich den Kakao genommen hatte und vorsichtig nippte, aber immer noch neben ihm stand.

»Ist mir aber auch wurscht. Und wofür auch?«, vollendete Bengt seinen Satz und schlug die nächste Seite auf.

»So, Toby, nimm den Kakao mit. Jetzt geht es wieder an die Hausaufgaben«, Merit gab ihrem Sohn einen Klaps auf den Po und bugsierte ihn zur Küche hinaus.

Brodersen fühlte sich angekommen, seine Kochübungen nahmen viel Zeit in Anspruch und machten ihm Spaß. Er hatte Merit und Toby schon angedroht, dass er sie demnächst mit einem Mittagessen überraschen würde.

Den Sauerbraten hatte er passabel hinbekommen, ohne Lille Tamm um Rat fragen zu müssen. Er hatte den ganzen Braten allein gegessen, am Sonnabend und den Rest am Sonntag. Er hatte sich gut dabei gefühlt. Nie hatte er etwas für sich oder andere gekocht, wenn man einmal davon absah, dass er sich manchmal Spiegeleier gebraten hatte. So albern es auch war, es schien ihm, als hätte er einen Sieg errungen. Und das hatte ihm Vergnügen bereitet.

Der erste Mittwoch im Dezember überraschte ihn mit einem strahlendblauen Himmel, an dem gar nicht schüchtern eine runde Wintersonne hing.

»Das ist ein Flugtag«, sagte Bengt Brodersen laut, als er sich rasierte. Mit einem Kaffee in der Hand telefonierte er mit der Frau von »Sylt Air« und bestellte den »Nordfriesland-Flug«. Mindestens eine dreiviertel Stunde würde er mit Toby in der Luft sein, die Inseln Sylt, Amrum und Föhr überfliegen und die Halligen, Pellworm. Und wenn sie dann noch Lust hatten, würden sie mit dem Piloten noch ein bisschen rumgondeln.

Als alles abgeklärt war, bat Bengt die Frau um die Telefonnummer des Piloten, weil er noch etwas mit ihm bereden wollte.

»Der sitzt hier neben mir, da kann ich Sie gleich weiterreichen«, sagte die Frau und schon hatte Brodersen den Piloten am Hörer.

Kurz erklärte er dem Man, dass Toby nicht mit fremden Menschen sprach, aber Pilot werden wollte und an allem, was mit Flugzeugen zu tun hatte, leidenschaftlich interessiert sei. Er bat den Piloten darum, ihm und Toby alles zu erklären, was während des Fluges geschehen würde, was er mit dem Tower besprach, warum das Flugzeug wackelte oder nicht wackelte – eben einfach alles. Notfalls würde er, Bengt, Fragen stellen, wenn dem Piloten die Puste ausging und ihm nichts mehr einfiel. Der Pilot lachte und sagte, er freue sich auf seine zwei Fluggäste.

»Toby, Frau Soerensen, gut, dass ihr schon da seid.« Brodersen rief schon, als er sah, dass sich die beiden dem Haus näherten. Unruhig war er im Flur auf und ab gegangen, aufgeregt wie ein Kind vor der Bescherung. Und als er sie kommen sah, riss er die Tür auf und rief es ihnen gleich entgegen.

Verblüfft blieben Mutter und Sohn stehen und sahen ihn an.

»Toby, ich habe mir einen Flug über Sylt und die anderen Inseln gebucht. Es ist so schönes Flugwetter. Und da dachte ich, vielleicht hast du Lust mitzukommen.«

Toby riss sich von der Hand seiner Mutter los, lief zwei, drei Schritte auf Brodersen zu, öffnete den Mund, schloss ihn wieder, blieb stehen und drehte sich dann zu seiner Mutter um.

»Natürlich kannst du mit, Toby«, Merit Soerensen ging in die Hocke und fuhr ihrem Sohn, der sie umarmte, durchs Haar. Dann schaute sie Brodersen an und lächelte.

»Eine tolle Idee . . . wann geht's los?«, sagte sie.

»Jetzt sofort, der Pilot macht bereits die Maschine startklar. Ich habe meine Jacke schon an.

Auf, auf, Toby, in den Wagen«, Bengt klöterte mit den Wagenschlüsseln.

Toby löste seinen Schulranzen vom Rücken, ließ ihn vor die Füße seiner Mutter fallen und rannte zur Garage.

»Das ist eine Cessna 182 RG, die hat 235 PS und fliegt in der Spitze 260 Kilometer in der Stunde«, sagte der Pilot, als er sie auf dem Flugfeld begrüßte, »mein Name ist Rudi Schlüter und du bist wohl Toby, mein werdender Berufskollege, Moin, Herr Brodersen.« Der Pilot gab ihnen die Hand, erwartete aber keine Erwiderung, sondern öffnete die Tür, durch die sie ins Innere der Maschine konnten.

Bengt Brodersen konnte spüren, wie Schauer der Begeisterung und Aufregung durch Toby fuhren. Er atmete tief durch die Nase ein, als verbreiteten Sitze, Instrumente oder Gurte einen so einmaligen Duft, den er für immer in sich konservieren musste.

»Das Beste, meine Herren, ist wohl, wenn ich den ganzen Flug über alles erkläre, dann können Sie sich aufs Schauen konzentrieren, die meisten Fragen, die kommen, kenne ich sowieso, ist schließlich nicht mein erster Rundflug.«

»Nicht schlecht«, dachte Brodersen, »der Mann hat's kapiert.«

»So, jetzt kommt gleich die Rollfreigabe vom Sylt Tower, dann geht's zum ›Rollhalteort‹, dort führe ich die letzten Checks vor dem Start durch und dann geht's up, up and away.«

Und dann starteten sie. Tobys Gesicht war ein einziges Staunen, eine einzige Erwartung, die mit jeder Sekunde übertroffen wurde. Seine Finger zuckten gegen das Plexiglas, als wollte er sich selbst etwas zeigen.

Der Pilot zog eine Schleife, der Himmel war klar und die Sonne gab ein schönes Licht. »Da unten wohnst du, Toby«, sagte Bengt Brodersen, als sie über Braderup flogen. Sie überflogen alles, den ganzen 40 Kilometer Sandstrand entlang, die Orte, den Hindenburgdamm, auf dem gerade ein Autozug Richtung Insel eilte.

Sie sahen Amrum, die Seehundbänke, Föhr und die Halligen, Pellworm. Die Maschine zog ruhig ihre Bahn.

Rudi Schlüter erklärte die Instrumente, erklärte jedes Brummen, zog Links- und Rechtskurven, stieg auf, um sich dann wieder dem Meer oder einer Insel zu nähern. Ein Containerschiff, das die Nordsee durchpflügte, erschien gar nicht mehr so groß und die weißen Kämme der Wellen sahen aus wie Schnee auf Bergspitzen, wenn man ein Auge zukniff und nicht so genau hinsah.

Brodersen war sich manchmal nicht sicher, was ihm mehr Spaß bereitete, der Rundflug oder an Tobys unverhohlener Freude teilzunehmen. Einmal sah der Pilot über seine Schulter zu Bengt hin, nickte mit seinem Kopf in Richtung Toby und lachte.

Toby hatte seine Hände und sein Gesicht gegen

das Fenster gepresst und nahm nichts anderes mehr wahr. In diesem Moment legte der Pilot die Maschine in eine Linkskurve. »Jetzt gibt's nur noch den Himmel, das Land ist weg, aber nicht für immer.«

Toby hörte das nicht, doch Brodersen sah, wie der Junge versuchte, seinen Kopf so vorzubeugen, als könnte er unter die Maschine gucken, um dort das verlorene Land zu finden. Aber da nahm Schlüter die Maschine schon aus der Kurve und alles war wieder da.

Als sie sich wieder Sylt näherten, schaute Toby erschrocken zum Piloten.

»Ja, mein Junge, jetzt geht es nach Hause. Gleich landen wir. Wir sind schon über eine Stunde in der Luft. Ach, wie die Zeit verfliegt.«

Er lachte über seinen eigenen Scherz und brachte sie sicher zur Erde zurück.

Als Bengt Brodersen und Toby gerade das Flugplatzgebäude verlassen wollten, kam die Frau, bei der Brodersen den Flug gebucht und bezahlt hatte, hinter ihnen hergelaufen. »Wir hatten doch noch eines, ich konnte es vorhin einfach nicht finden«, und sie drückte Toby ein kleines Modell einer Cessna 182 RG in die Hand. »Zur Erinnerung«, sagte sie und lächelte Brodersen an.

»Ich nehme an, es macht dir nichts aus, wenn ich noch kurz, bevor wir zurückfahren, einen kleinen Umweg über Keitum mache, denn ich möchte noch etwas in dem kleinen Buchladen kaufen. Wenn sie es dahaben«, sagte Brodersen, als sie über den Parkplatz auf den Wagen zugingen.

Toby nickte, machte dabei aber genau das Geräusch, das die kleine Maschine hören ließ, als sie sich auf den Weg in den Himmel machte.

»Ich glaube, im Augenblick könnte ich mit dir auch an das Ende der Welt fahren«, sagte Brodersen. Toby verstärkte das Startgeräusch und nickte sein Einverständnis.

17.

»Bremsen«, schrie Toby, »bremsen ... da.« Der Schrei war mit einem Knall verbunden, so, als wäre eine über den Kehlkopf des Jungen gestülpte Plane zerrissen. Brodersen stieg in die Bremsen, denn auch er hatte von links ein Knäuel auf die Straße flitzen sehen. Dann stand der Wagen und das Knäuel war nicht mehr zu sehen.

Ehe Brodersen noch etwas sagen konnte, hatte sich Toby auch schon losgeschnallt, war aus dem Wagen gesprungen und nach vorn gelaufen.

Brodersen folgte ihm. Vor der Stoßstange saß unverletzt ein zitterndes Bündel Hund. Schon hockte sich Toby auf den kalten Asphalt und schloss das Tier in seine Arme.

»Das ist wirklich der frechste Hund aus der frechsten Kiste«, sagte eine resolute Stimme in ihrem Rücken, und als sie sich umdrehten, stapfte eine füllige Frau in einem bunten Kittel über die Straße auf sie zu.

Toby presste den Hund noch fester an sich, als wolle er klarmachen, dass er den kleinen Kerl ganz bestimmt nicht wieder hergeben würde.

Die Frau streckte die Arme in Richtung des Hundes aus, doch Toby ging einen Schritt zurück und drückte sein Gesicht an die Schnauze des Hundes, der ein Quieken von sich gab.

»Na, da haben sich ja zwei gefunden«, sagte die Frau mit einer warmen Stimme, »frech ist er, aber wie er Herzen gewinnen kann, weiß er genau.« Sie lachte brummend. »Hättest tot sein können, kleiner Wildling«, sagte sie und streckte wieder ihre Arme aus. Toby schüttelte seinen Kopf und umklammerte den Hund.

»Was für einer ist das?«, fragte Brodersen.

Die Frau ließ ihre Arme sinken und sah ihn an. In diesem Moment kam ein Auto angefahren, verringerte die Geschwindigkeit und umrundete sie.

»Ein ›Kromfohrländer‹, süße, treue Tiere. Richtig gute Freunde«, sagte die Frau und strahlte über das ganze Gesicht. »Sie können ihn kaufen, er ist neun Wochen alt und hat die erste Impfung schon hinter sich.«

»Nein«, sagte Brodersen, »ich . . .«

Toby machte ein, zwei Schritte auf Bengt zu, stellte sich ganz nah an sein Bein und sagte ganz leise: »Doch.«

Brodersen sah das Flehen in den Augen des Jungen, und auch der Hund schaute ihn interessiert an, dann wandte sich der Hund wieder Toby zu, stupste ihn mit der Nase an, um gleich darauf wieder Brodersen anzusehen.

»Der wird Ihnen Freude machen, das sind ganz liebe Kerle.«

»Ich . . .«, sagte Brodersen.

»Doch«, sagte Toby.

»Ihr Sohn und der Hund sind schon Freunde«, sagte die Frau.

»Toby ist . . .«, sagte Brodersen.

»Doch«, sagte Toby und presste den Hund an sich, »du willst doch auch bei mir bleiben, Seff, oder?«

Der Hund betrachtete den Frager interessiert und stupste ihn dann wieder mit seiner feuchten Schnauze an.

»Wie hast du ihn genannt?« Die Frau schaute Toby an.

»Seff«, antwortete er fast unhörbar.

»Wie?«

»Seff«, sagte Brodersen.

»Ja, das passt«, sagte die Frau, »wär ich nicht drauf gekommen. Aber es passt. Nicht wahr, Seff?« Dabei versuchte sie, dem Welpen über den Kopf zu streichen, der presste sich aber an Toby und versuchte der Hand auszuweichen.

»So ist das mit der Liebe, kaum ist eine neue gewonnen, ist die alte schon vergessen«, sagte die Frau und schaute Brodersen an. »Na, was ist? Wollen Sie den Hund haben?«

»Moment mal, Moment mal«, sagte Bengt, aber er wusste, dass er verloren hatte.

»Tiere sind gut für Kinder«, sagte die Frau, die jetzt wusste, dass sie gewonnen hatte, »sie lieben ihre Herrchen mit Hingabe, schenken ihnen Vertrauen und heilen Wunden.«

»Toby, geh doch bitte mit der Dame auf die andere Straßenseite, während ich den Wagen von der Straße bringe.«

»Sie können Ihren Wagen auf unserem Hof parken«, sagte die Frau fröhlich und führte Toby über die Straße auf das gegenüberliegende Haus zu.

Die Schlacht, wenn es denn eine gewesen war, war verloren. Da gab sich Brodersen keinen Illusionen hin. Toby strahlte die ganze Zeit wie ein Honigkuchenpferd, denn auch ihm war klar geworden, dass durch irgendeinen Zufall des Himmels ein Wunder geschehen war. Als Brodersen den Kaufpreis akzeptiert hatte und die Vorbesitzerin ihnen noch eine einfache Decke für die Heimfahrt schenkte, wurde ihm klar, dass er auch die Preisschlacht verloren hatte.

Die Frau trug ihm auf, in der »Hundehütte« in Westerland schnell noch die unverzichtbaren Dinge zu erstehen, die der Welpe zu Hause brauchte. Sie drückte ihm einen Zettel in die Hand, auf den sie Dinge wie Leine, Halsband, Welpenfutter, Korb, Futter- und Wasserschüssel geschrieben hatte.

»Mach's gut, mein Kleiner«, sagte sie zu dem Hund und strich Toby über den Kopf, der nicht einmal mit der Wimper zuckte, als er die Berührung spürte.

Bengt Brodersen, Toby und die Neuerwerbung »Seff« standen schon am Wagen, da eilte die Frau ins Haus zurück, um noch den Impfpass des Welpen zu holen. Dann erhielten sie noch die Ermahnung, den Hund bei Steuer und Versicherung anzumelden und regelmäßig den Tierarzt aufzusuchen. Erst dann waren sie entlassen.

Brodersen drehte den Zündschlüssel um, startete den Wagen und hätte zu gern eine Zigarette geraucht. Abgesehen davon, dass er keine dabei hatte, ging es schon wegen des jungen Hundes nicht.

Vielleicht konnte er sich in Westerland, nachdem sie den ganzen Hundekram erstanden hatten, eine Schachtel kaufen und schnell eine rauchen.

Bengt Brodersen lenkte den Wagen an der Keitumer Kirche vorbei und fuhr in Richtung Westerland. Den Buchladen konnte er getrost vergessen.

Toby war in den Hund versunken und murmelte süße Worte. Der Abend senkte sich und Brodersen schaltete das Licht ein.

»Toby«, sagte Brodersen, »wir müssen einen Pakt schließen. Für den Fall, dass deine Mutter keinen Hund will.«

»Seff, Seff«, sagte Toby.

»Toby, hast du mich gehört? Wir müssen einen Pakt schließen.«

»Was ist ein Pakt?«, fragte Toby.

»Ein Pakt ist eben ein Pakt, so'n, so'n, na, wir müssen einen Vertrag schließen.«

»Mit meiner Mutter?«

»Nein, wir beide«, Brodersen versuchte seine Ungeduld zu zügeln. »Junge, wir haben eben einen Hund gekauft. Was ist, wenn deine Mutter keinen Hund haben will?«

»Sie will einen.«

»Woher weißt du das?«

Schweigen.

»Woher weißt du das?«

»Ich weiß das.«

»Woher? Hast du sie gefragt?«

Schweigen.

Brodersen wollte gerade weitersprechen, da wurde ihm mit einem Mal schlagartig bewusst, dass sich der Junge mit ihm unterhielt. Der Junge sprach mit ihm. Satz um Satz und Satz um Satz.

Brodersen schossen die Tränen in die Augen. Der Junge sprach mit ihm.

»Wenn meine Mutter Seff sieht, dann will sie ihn haben«, sagte Toby. Und er sagte es so, als sei eigentlich kein Zweifel der Welt an seinen Worten erlaubt.

»Und was, wenn sie keinen Hund will?« Brodersen versuchte das Gesicht des Jungen im Rückspiegel zu sehen.

»Was ist ein Pakt?«, fragte Toby.

»Ein Pakt ist eine Vereinbarung. Zum Beispiel, Seff ist ein Hund, und er bleibt auch dein Hund, selbst wenn deine Mutter ihn nicht in ihrem Haus haben will und Seff bei mir leben muss und du ihn nur jeden Nachmittag sehen kannst. Wenn du einer solchen Vereinbarung zustimmst, dann schließt du einen Pakt. Du bist bereit zu verstehen, dass man andere Menschen nicht einfach vor vollendete Tatsachen stellen kann. Denn wer soll sich um Seff kümmern, wenn du in der Schule bist, deine Mutter arbeitet und deine Oma nicht zu Hause ist?«

Schweigen.

»Toby?«

Schweigen.

»Toby.«

Der Welpe gab einen wohligen Laut von sich und dann einen kleinen Pups.

»Toby?«

»Ja gut, dann schließen wir eben das Ding da, wie du willst. Versprochen . . . aber . . . aber so ist meine Mutter nicht«, sagte Toby mit fester Stimme.

Brodersen konnte den Geruch in dem Tierladen kaum ertragen, während Toby und Seff ausgelassen umeinander tänzelten und sich nur um sich kümmerten.

»Na, ihr seid ja schon dicke Freunde«, sagte der Verkäufer, während er die Dinge zusammentrug, die Brodersen von seinem Zettel ablas und bestellte.

»Einen Wassernapf, bitte«, sagte Bengt und hätte sich lieber ein Tuch mit etwas Parfüm bestellt. Ein Blick auf die Schale mit Pansen reichte, um bei ihm einen Würgereiz auszulösen, und er betete zu allen Göttinnen und Göttern des Universums, dass Merit Soerensen sich Hals über Kopf in Seff verliebte.

»Warte mal einen Moment«, sagte Bengt zu

Toby, als sie den Laden verlassen und ihm die Dinge, die sie erstanden hatten, die Arme lang zogen. Er setzte die Tüten ab und ging zum Kiosk, kaufte sich eine Packung Zigaretten und bat um eine Schachtel Streichhölzer.

Wieder draußen, stellte er sich neben die Tüten und zündete sich eine Zigarette an. Er sog den Rauch tief in seine Lunge ein und war mit der Welt versöhnt.

»Herr Brodersen«, sagte Toby und presste Seff an sich.

»Du kannst ruhig ›du‹ zu mir sagen«, sagte Brodersen.

»Du, Herr Brodersen ... danke ...«, sagte Toby und es schien Bengt, als ob die beiden, Herr und Hund, ihn anstrahlten.

In diesem Moment zirpte Bengts Mobiltelefon. Er nestelte es aus seiner Windjacke und meldete sich.

»Brodersen.«

»Herr Brodersen, hier ist Merit Soerensen. Wo sind Sie denn?«

»Ja, Entschuldigung«, Brodersen warf die Zigarettenkippe auf den Boden und trat sie aus.

»Wir ... wir ... Toby und ich hatten noch etwas zu erledigen. Dadurch haben wir uns verspätet. Entschuldigung. Wir sind gleich da ... machen Sie sich keine Sorgen ... wir sind gleich da.«

»Herr Brodersen«, die Stimme von Merit Soerensen hörte sich verletzlich und brüchig an, ». . . es ist nur . . .«

»Ja?«

»Hier ist ein junger Mann, der Sie sprechen will.«

»Ein junger Mann?«

»Ja . . . ähem . . ., um genau zu sein, der junge Mann behauptet, Ihr Sohn zu sein . . . ähem . . . Justus Brodersen.«

Und wie durch einen Trichter hörte Bengt Brodersen eine Stimme, die sagte: »Ich behaupte nicht, sein Sohn zu sein. Verflucht noch mal, ich bin sein Sohn. Geben Sie mir das verdammte Ding.«

Im Ohr von Bengt Brodersen rauschte es.

»Papa, hier ist Justus. Wo bist du denn?«

»Ich . . . ich . . .«, Brodersen war es nicht möglich zu denken, er stammelte vor sich hin, ». . . ich, ich . . .«

Toby hielt Seff umarmt und schaute interessiert auf den Mann, der ein kleines Mobiltelefon an sein Ohr presste.

»Ich . . . ich . . .«, sagte Brodersen, »ich bin . . . ich bin gleich zu Hause. Ich bin gleich zu Hause, . . . gleich. Justus, geh nicht weg. Ich bin gleich zu Hause. Geh nicht weg. Ich bin gleich da . . . ich bin gleich da.«

18.

»Toby, wir müssen los.« Bengt Brodersen nahm die Tragetaschen auf.

»Ist was passiert? Wer hat angerufen?«

»Deine Mutter, sie wollte wissen, wo wir stecken.«

»Und wer ist Justus?«

»Justus«, Brodersen sah Toby an, der Seff immer noch in seinen Armen hielt, »Justus ist mein Sohn.«

»Ist er jetzt da?«

»Ja, er ist nach Sylt gekommen.«

»Und wo war er?«

»Wie, wo war er?«

»Wenn dein Sohn jetzt nach Sylt kommt, dann war er doch weg. Wohnt er in deinem Haus? Ich hab ihn doch noch nie gesehen.«

»Nein, du hast ihn noch nicht gesehen«, Brodersen setzte sich in Bewegung, »und wo er war, weiß ich nicht. Ich weiß, es hört sich verrückt an, aber ich weiß nicht, wo er war.«

»Ist er denn schon groß?«

»Ja, er ist schon groß.«

»Wie groß?«

»Du meinst, wie alt? Er ist über dreißig.«

»Dann ist er alt.«

»Na ja«, sie hatten den Wagen erreicht und Bengt verstaute die Tüten, »so richtig ein alter Mann ist er nicht. Das bin ich doch schon eher.«

»Geh rein, Seff, geh rein.« Toby setzte seinen Hund auf die Rückbank, aber der drehte sich sofort um und bewegte sich keinen Zentimeter ins Wageninnere, sondern schaute, ob auch sein Herrchen ihm folgte.

Brodersen startete den Wagen. Was sollte er nur sagen, wenn er vor Justus stand, oder, wie auch immer, Justus vor ihm?

»Wie lange hast du deinen Sohn nicht gesehen?«, fragte Toby.

Brodersen starrte auf die Straße und bog nach links ab. Er räusperte sich und hätte zu gern geraucht.

»Ungefähr neun Jahre, ja, neun Jahre habe ich meinen Sohn nicht gesehen.«

»Das ist so alt, wie ich bin.«

»Ja«, sagte Brodersen, »ja es ist so lange her, so viele Jahre, wie du jetzt alt bist.«

»Freust du dich?«

»Ja, ich freue mich. Sehr ... sehr.«

»Dann freuen wir uns auch, nicht, Seff? Was wohl Mama zu dir sagen wird?«

Brodersen hatte die Umgehungsstraße erreicht, die direkt nach Kampen führte, er nahm das Gas weg und schlich den Asphalt entlang.

Das ist ein Tag, dachte Brodersen. Der Rundflug, der Hund und Justus. Und Toby hatte angefangen zu sprechen. Zwei-, dreimal war Brodersen versucht, so etwas wie »Hey, du sprichst ja« zu sagen, sich aber immer noch rechtzeitig auf die Lippe gebissen. Denn von Merit Soerensen hatte er erfahren, dass es bei diesem Krankheitsbild passieren kann, dass derjenige aus einem Geschehen heraus wieder anfängt zu sprechen. Über das »Warum« gab es keine großen Erkenntnisse, aber es gab die Erfahrung. Und die Erfahrung sagte, dass die Betroffenen sich später nie darüber äußern, warum und wieso sie nicht gesprochen haben. So, als wäre das nicht geschehen. Nur, und auch das sagte die Erfahrung, große Redner würden sie nie werden, und sie blieben auch ihr Leben lang auf eine gewisse Art scheu.

»Seff«, sagte Toby, »ich bin heute über Sylt und das Meer geflogen. Das war toll. Wenn wir noch mal fliegen, nehmen wir dich mit. Machen wir doch, Herr Brodersen?«

»Bengt«, sagte Brodersen.

»Machen wir doch, sonst weint Seff, oder?«

»Ich weiß nicht, ob der Pilot Hunde mitnimmt. Und du kannst mich Bengt nennen. Ich heiße Bengt, so wie du Toby heißt.«

»Seff, wenn du nicht mitfliegen kannst, musst du eben auf mich warten. Ich kann dich später, wenn ich Pilot bin, auch nicht immer mitnehmen.«

»Genau«, sagte Bengt.

Der Hund fiepte, Toby sagte »Tssch, nicht traurig sein«, und Brodersen lenkte den Wagen in die Auffahrt seines Hauses.

19.

Merit Soerensen stand schon in ihrem Mantel, in der Hand hielt sie Tobys Mantel und Schulranzen. Brodersen öffnete die Tür und stieg aus.

»Wir bleiben noch sitzen, Seff, wir überraschen Mama«, sagte Toby.

»Ich finde, wir verschwinden gleich«, sagte Merit zu Brodersen, »jetzt, wo Ihr Sohn da ist, stören wir nur. Ich weiß ja ... Toby, steig doch bitte aus. Wir müssen gleich nach Hause.«

»Ja, also«, sagte Brodersen und stockte, »ja, also ... es ist nur, Sie müssen wissen, da ist ...«

»Toby, steig bitte aus, bitte«, Merit Soerensen näherte sich der hinteren Tür.

»Frau Soerensen ... Toby hat ...«, sagte Brodersen.

»Ist ihm was passiert?« Merit drehte sich nach Bengt um.

»Nein, um Himmels Willen, nein«, aber da hatte Tobys Mutter schon die Tür aufgemacht.

»Toby«, sagte sie, und dann »und wer ist das bitte schön?«

»Das ist Seff, mein Hund, sag Mama ›Guten Tag‹«, sagte Toby und hielt eine Pfote hoch.

»Wieso ... wieso denn?«

»Is this Grandpa?«, hörte Bengt Brodersen eine Kinderstimme hinter sich sagen.

»Ja, das ist dein Opa, Paula«, sagte Justus Brodersen.

Diese Stimme hätte Bengt unter Tausenden herausgehört. Er drehte sich langsam um. »Justus, da bist du ja endlich«, Brodersen sah seinen Sohn an, er spürte ein Brennen in seinen Augen, »... wie gut.«

»Aber du kannst doch nicht einfach einen Hund ... oh, ist der süß«, sagte Merit Soerensen.

Justus lächelte seinen Vater an, er hob die Hände und ließ sie wieder fallen.

»Gut dich zu sehen«, sagte er.

Bengt Brodersen breitete seine Arme aus, ging auf ihn zu, um ihn zu umarmen, doch er wurde von einem kleinen Mädchen gestoppt, das vor ihm auftauchte. Beinahe wäre er gestrauchelt.

»So geht das nicht mit dem Haus, Papa war ganz traurig und wütend«, sagte das kleine Mädchen.

»Paula«, sagte Justus Brodersen.

»Wie ...«, sagte Bengt, »ich verstehe nicht. Welches Haus ... worum geht es? Und darf ich fragen, wer du bist?«

»Paula«, sagte Justus.

»Deshalb sind wir doch hierher gefahren, Papa«, sagte das kleine Mädchen.

»Papa?«, sagte Bengt.

»Papa«, sagte Justus und sah seinen Vater an. »Es ist so ...«

»Oh, ist der süß. Wie heißt der? Ist das dein Hund?«, fragte Paula Toby, der mit Seff im Arm aus dem Wagen gestiegen war, und ging auf ihn zu.

»Ja, das ist meiner«, sagte Toby leise, »er heißt Seff.«

Merit Soerensen fasste Bengt am Arm und sagte: »Toby spricht ja.« Sie ließ Brodersens Arm los und ihre Hand griff in die Luft, als wollte sie die ausgesprochenen Worte wieder einfangen.

»Ja, seit vorhin«, sagte Brodersen, »hat mit dem Hund zu tun.«

»Wie sprechen?«, fragte Justus.

»Darf ich ihn auch einmal in den Arm nehmen?«, fragte Paula und ihre Hände näherten sich schon Seff.

»Ja klar, aber vorsichtig. Er ist noch ganz jung.« Toby zögerte nicht eine Sekunde mit seiner Antwort und übergab Paula den kleinen Hund.

»Ist sie . . . ist sie . . . sie ist meine Enkelin. Sie ist meine Enkelin. Ich bin . . . ich bin ein Opa«, Bengt Brodersens Stimme überschlug sich, er machte einen Schritt auf das Mädchen mit dem Hund zu, doch dann drehte er sich wieder um und schlang seine Arme um seinen Sohn. »Darf ich wissen, wie mein Enkelkind heißt?«, fragte Bengt, als er die Umarmung löste, seinen Sohn aber noch an den Schultern festhielt.

»Das ist Paula, sie wird bald sieben.«

»Sie ist Amerikanerin . . . ihr Akzent . . .?« Bengt Brodersen ließ seinen Sohn los.

»Ja, Paula ist Amerikanerin. Aber sie kann sehr gut Deutsch.«

»Und die Mutter?«, sagte Bengt.

»Das ist eine andere Geschichte«, sagte Justus.

»Herr Brodersen, wir verabschieden uns jetzt mal. Sie wollen doch sicherlich ...«

»Ja, ja ...«, sagte Brodersen und sah sich hilflos um.

»Ist es nicht besser, wenn wir alle noch mal ins Haus gehen«, sagte Justus, »es schwirren so viele Geschichten ... ich meine, der Hund ...«

»Oh ja«, sagte Paula.

»Oh ja«, sagte Toby.

Bengt Brodersen kniete sich vor Paula hin und strich ihr mit der Hand über den Kopf. »Tag Paula ... Enkelkind.«

»Ich weiß«, sagte Paula, »du bist mein Opa und heißt Bengt.«

»Ja, ich heiße Bengt.«

»Und Herr Brodersen«, sagte Toby, »aber ich darf Bengt sagen.«

»Und was ist mit dem Haus, Paula?«

»Das mit dem Haus, diesem Haus, wie heißt das Haus noch mal, Papa?«

Justus schwieg.

»Papa, wie heißt das Haus, das er verkauft?«

»Man sagt nicht ›er‹, Paula, Elternhaus.«

»Ja, genau. Du verkaufst einfach Papas Elternhaus.«

»Ich ... ich ...«, sagte Bengt.

»Paula, Papa …, wir sollten jetzt alle ins Haus gehen, es ist kalt, und ich würde gern etwas trinken. Auf jetzt«, sagte Justus.

»Seff darf doch bei mir wohnen, Mama?«, fragte Toby und strich seinem Hund über den Kopf.

»Wenn nicht, kann er bestimmt bei meinem Opa wohnen«, sagte Paula.

»Paula, wir gehen jetzt rein. Natürlich muss der Hund bei seinem Herrchen schlafen, schließlich gehört er dem Jungen«, sagte Justus.

»Ich heiße Toby«, sagte Toby.

»Der Hund gehört Toby. Ich heiße übrigens Justus«, sagte Justus und zog seinen Vater am Arm in Richtung Haus.

Es dauerte dann doch zwei Stunden, bis alles erzählt war und Merit Soerensen, Toby und Seff sich verabschiedeten.

Paula und Toby spielten mit Seff im Arbeitszimmer, gaben ihm Futter und Wasser. Toby las aus dem Ratgeber für Hundepflege vor, was genau zu tun war. Den Hinweiszettel, den sie im Laden erhalten hatten, konnte er mittlerweile auswendig.

Merit Soerensen wollte immer wieder die Geschichte hören, wie Toby »Bremsen … bremsen« geschrien hatte. Und sie erzählte die Geschichte, wie Toby mit seinem Vater im Auto verunglückt war.

»Wenn er jetzt noch in der Schule spricht …, ich kann Ihnen nicht sagen, Herr Brodersen, wie glücklich mich dieser Tag macht.«

Der Flug über Sylt und die anderen Inseln trat vollkommen in den Hintergrund.

»Den Hund müssen Sie wohl mitnehmen«, sagte Justus.

»Ja, das muss ich wohl. Ich bin sehr gespannt, was meine Mutter sagt. Aber unter diesen Umständen hat sie wohl keine Chance«, Merit lächelte Justus an.

»Ich konnte nicht anders handeln«, sagte Bengt, »aber Toby und ich haben einen Pakt geschlossen.«

»Einen Pakt?«, fragten Merit Soerensen und Justus Brodersen wie aus einem Mund.

»Ja«, sagte Bengt und erzählte von der Vereinbarung, die Toby und er geschlossen hatten.

»Dann kann ja nichts mehr schief gehen«, sagte Justus.

Und dann standen Paula und Toby in der Küche, zwischen ihnen Seff, der vor Aufregung zitterte und mit seinem kleinen Schwanz wedelte.

»Papa«, sagte Paula, »der Hund ist so süß. Er darf doch bei Toby schlafen? Oder?«

»Tja«, sagte Justus und sah Merit Soerensen an.

»Ja«, sagte Tobys Mutter, »natürlich gehört Seff jetzt zur Familie.«

Toby strahlte über das ganze Gesicht und gab seiner Mutter einen Kuss auf die Wange. Seff wich keinen Schritt von Tobys Seite und beobachtete alles genau.

»Dann möchte ich auch so einen Hund, Papa.«

»Paula, nun lass doch erst einmal«, sagte Justus.

»In dem Wurf waren noch mehr«, sagte Bengt Brodersen.

»Danke, Papa«, sagte Justus.

»Was ist Wurf?« Paula ging auf ihren Opa zu und legte eine Hand auf sein Knie.

»Seff hat noch Geschwister«, sagte Toby.

»Au ja«, sagte Paula, »das müssen wir tun, sonst weint Seff.«

»Das findest du doch auch schön, nicht, Seff, wenn wir noch eins deiner Geschwister holen? Sag was, Seff.« Toby kniete sich nieder und streichelte den Hund. Seff fiepte und drängte sich an den Jungen.

»Seff will das auch«, sagte Paula und schlug mit der Hand auf das Knie ihres Opas.

»So, jetzt gehen wir zu Lille«, sagte Merit und erhob sich.

»Kommst du morgen wieder, Toby?«, fragte Paula, als sich alle an der Tür verabschiedeten.

»Ich glaube«, sagte Merit.

»Ja, warum nicht«, sagte Justus, »dann sind die Kinder beschäftigt.«

»Dann also bis morgen«, sagte Bengt, »so gegen drei Uhr?«

»Danke von uns, Herr Bengt«, sagte Toby und nahm den Welpen ganz vorsichtig hoch.

20.

»Und was willst du jetzt tun, Justus?«

Es war weit nach Mitternacht, Vater und Sohn hatten viel miteinander gesprochen, nachdem sie etwas gegessen hatten und Paula ins Bett gebracht worden war. Natürlich versuchte sie, ihrem Vater das Versprechen abzuringen, dass sie auch einen Hund aus dem Wurf bekam. Doch Justus ließ sich nur ein »Wir werden sehen« abringen.

»Ich kann in unserer Niederlassung in Hamburg jederzeit anfangen, aber ich weiß nicht so recht. Ich könnte mir auch etwas Eigenes aufbauen oder hier bleiben und am Strand spazieren gehen.« Er lachte.

»Bist du nicht zu jung, um den Privatier zu geben?«, fragte Bengt.

»Natürlich, es ist nicht so ernst gemeint. Nur etwas Wahres ist dran. Vielleicht ist es nicht das Schlechteste, sich die Zeit zu nehmen und zu überlegen, wie es weitergehen soll. Ich fühle mich unruhig, die Jahre in Amerika waren schön, aufregend und lohnend. Ich habe das Geld, eine Zeit lang nichts tun zu müssen, verlockend ist das schon.«

»Ja, warum nicht«, sagte Bengt, »wenn ich es mir recht überlege, hätte ich vielleicht auch einmal aussetzen sollen. Aber man denkt immer, es ist nicht möglich. Das kann nicht funktionieren, dass man einfach aussteigt oder eine Pause einlegt.«

»Na, in gewisser Weise hast du es doch jetzt getan«, sagte Justus, »denn du hättest noch gut zehn Jahre arbeiten können. Die Pensionsgrenze hast du jedenfalls noch nicht erreicht. Damit hatte ich überhaupt nicht gerechnet, dass du alles hingeschmissen hast.«

»Du hast Recht, aber ich empfinde mich nicht so. Als ich den Entschluss fasste, fühlte ich mich ausgebrannt und leer und abgearbeitet, vor allen Dingen fühlte ich mich alt«, sagte Bengt.

»Und hat es sich geändert?«

»Dazu bin ich noch nicht lange genug hier, aber wie Hesse sagt: ›Und jedem Anfang wohn ein Zauber inne‹, den Zauber spüre ich schon.«

»Als Frau Soerensen mir die Tür öffnete, da dachte ich, du hättest wieder geheiratet oder na, du weißt schon«, sagte Justus.

»Merit Soerensen ist eine sehr liebe Frau, ich mag die Art, wie sie mit ihrem Sohn umgeht. Sie hat's nicht leicht, doch sie hat eine Leichtigkeit, die . . .«

»Bist du in sie verliebt?«, fragte Justus.

»Nein . . . nein«, Bengt sah seinen Sohn für einen Moment verwirrt an, »nein. Es war nur gut, dass sie sich bei mir beworben hat. So war jedenfalls für einen halben Tag gesichert, dass mir die Decke nicht auf den Kopf fällt.«

»Du kümmerst dich so um den Jungen, da dachte ich . . .«

»An das Herz einer jungen Frau kommt man über ihr Kind?« Bengt lachte und trank einen Schluck Wein. »Ist bestimmt was dran, aber in diesem Fall muss ich passen. Sie ist attraktiv und klug, aber nein, ich bin nicht bereit mich zu verlieben. Toby hat mich gerührt und mich erinnert«, sagte Bengt und zündete sich eine Zigarette an, »ich wollte meine Ruhe haben, und nun habe ich zwei Kinder um mich.«

»Drei«, sagte Justus, »aber mit mir musst du nicht mehr spielen.«

»Stimmt. Aber solange du noch nicht weißt, was du tun und wo du wohnen willst, werde ich den Verkauf des Hauses stoppen. Gleich morgen früh. Ist schließlich dein Elternhaus und mit meiner entzückenden Enkelin will ich mich nicht anlegen.«

»Danke«, sagte Justus und lächelte seinen Vater an, »das Haus ist schön, beinah ein bisschen zu groß für Paula und mich.«

»Ach was«, Bengt drückte seine Zigarette aus, »junge Menschen brauchen Raum. Und wenn du dich selbständig machen willst.«

»Nochmals danke«, Justus berührte kurz die Hand seines Vaters.

»Dafür nicht«, sagte Bengt Brodersen und stand auf, »ich bin müde.«

21.

Nicht nur ein Wochenende stand vor der Tür, sondern auch Weihnachten rückte immer näher. Seit einiger Zeit schon spielte in fast jedem Laden Weihnachtsmusik, man konnte sich dem nicht entziehen.

Bengt Brodersen wachte am nächsten Morgen durch ein Geräusch auf. Er setzte sich im Bett auf und sah seine Enkelin.

»Na, meine Lütte«, ein Stich durchfuhr ihn, so hatte er immer seine Tochter genannt, »kann ich dir helfen? Wo ist dein Papa?«

»Der schläft noch.« Paula kam mit ihren nackten Füßen ein bisschen näher. »Was meinst du, sollte ich nicht auch einen Hund haben?« Jetzt stand sie am Bett ihres Opas. Sie sagte es mit einer solchen Ernsthaftigkeit, dass Bengt gerührt war.

»Ja, weißt du, ich kann das schlecht über den Kopf deines Vaters . . . warum eigentlich nicht, hab ich bei Toby schließlich auch gemacht«, Bengt hatte mehr zu sich gesprochen, doch Paula hatte jedes Wort mitbekommen.

»Opa, kannst du nicht mal bei dem Wurf anrufen, ob noch einer da ist?« Paula stand jetzt neben dem Bett und hatte ihre Hand auf die Bettdecke gelegt. Mit ihren blauen Augen versuchte sie, ihrem Opa eine Zustimmung ins Gesicht zu gucken.

»Ja, du solltest wirklich mal bei dem Wurf anrufen«, sagte Justus von der Tür her.

»Papa«, mit einem Schrei wirbelte Paula herum und sprang zu ihrem Vater in die geöffneten Arme.

»Das ist ja Lilly«, sagte Justus und wies auf Annegrits Bild, das Bengt nach langem Zögern im Schlafzimmer aufgehängt hatte.

»Ja, das ist Lilly. Deine Mutter hat dieses Bild für mich gemalt. Zum Abschied.«

Während Justus, noch im Schlafanzug, das Frühstück bereitete, telefonierte Bengt, sein Knie hielt Paula umklammert, mit der Züchterin. Natürlich war noch ein Hund da und natürlich könnten sie ihn abholen, jederzeit. Sie lachte wieder so fröhlich wie beim letzten Mal.

»Die glaubt wohl, sie hat in mir einen Dauerkunden gefunden«, sagte er, nachdem er aufgelegt hatte.

»Das ist toll, das ist sooo toll«, sang Paula, als sie zwischen den beiden Männern in der Küche stand.

»Fahren wir los«, atemlos griff sie nach der Hand ihres Opas.

»So?«, fragte Bengt und zupfte an ihrem Nachthemd.

»Frühstück ist fertig«, sagte Justus.

»Ich habe keinen Hunger«, sagte Paula und zerrte jetzt an beiden Männern.

»Nun mal mal halblang, Paula«, sagte Justus, hob seine Tochter hoch und küsste sie, »wir essen und trinken jetzt ein bisschen, ziehen uns an und dann geht's los. Versprochen. Einverstanden?«

»Aber ich hab wirklich nicht viel Hunger«, sagte Paula, »lass mich runter.«

Es war Liebe auf den ersten Blick, als die Frau Paula an den Korb des kleinen Rüden führte.

»Eine Hündin ist zwar leichter zu erziehen, aber unsere Krohmfohrländer sind so liebe Tiere, das Kind wird gut mit ihm zurechtkommen. Und Sie haben nicht das Problem mit der Läufigkeit«, sagte die Frau zu Bengt und Justus.

»Was ist Läufigkeit?«, fragte Paula.

»Das ist die Zeit, in der eine Hundedame Babys bekommen kann«, sagte die Frau zu Paula.

»Kann die hier auch Babys bekommen?«, fragte Paula und kraulte den kleinen Hund, der an ihr herumschnüffelte.

»Paula, wir wollen nur einen Hund«, sagte Justus.

»Nein«, sagte die Frau, »das ist ein ›er‹, das ist ein Hundemann, wenn auch noch ein kleiner, der kann keine Babys bekommen.«

Bengt wollte unbedingt den Hund bezahlen und tat es auch.

»Das Kind wird demnächst sieben Jahre und hat noch nie von seinem Opa ein Geschenk bekommen. Das geht doch nicht«, sagte Bengt.

»Dann mal zu«, sagte die Frau und nahm die

Geldscheine in Empfang, »wie soll er denn heißen, dein Hund?«

»Ja, wie soll er heißen, Paula? Hast du schon einen Namen?«

Paula schaute sie an, sie zuckte mit den Schultern, dann erschien eine Falte auf ihrer Stirn. Sie kniete sich neben den Hund und flüsterte ihm etwas ins Ohr.

»Miller ist einverstanden damit, dass er ›Miller‹ heißt.«

»Miller ist doch kein Hundename«, sagte die Frau.

»Miller finde ich schön«, sagte Bengt.

»Meine allerliebste Puppe heißt Millie und mein allerliebster Hund heißt eben Miller«, sagte Paula.

Vor dem Futterladen gab Bengt seinem Sohn Geld und lächelte ihn an.

»Viel Vergnügen da drin, das spar ich mir. Ich kann den Geruch von Pansen nicht ausstehen. Meinetwegen darfst du dir auch Schmerzensgeld nehmen. Bis gleich, ihr drei.«

Es sah überhaupt nicht nach Schnee aus, die Temperatur hatte sich bei plus sieben Grad eingependelt, und in den Wetterberichten war man sich noch sehr unsicher in der Frage, ob es eine weiße Weihnacht geben würde oder nicht.

»Paula, hier war ich ganz oft, als ich ein kleiner Junge war. Und später natürlich auch noch, viel hat sich verändert, andere Geschäfte natürlich, aber trotzdem kommt mir alles so bekannt vor.«

Sie gingen die Friedrichstraße hoch, denn sie wollten das Meer sehen, sahen hinab auf den Strand und die Musikmuschel und hörten dem Meer zu, das aber nicht viel sagte, weil es fast windstill war.

»Ich habe Hunger«, sagte Paula.

»Dann müssen wir etwas dagegen tun«, sagte Bengt, »aber was bloß?«

Paula schaute ihren Opa verwirrt an und wollte etwas sagen.

»War nur ein Scherz, meine Lütte, ich lade euch zum Essen ein.«

»Doller Scherz, nicht, Miller«, sagte Justus, »da haben wir ja einen richtig lustigen Opa zum Opa.«

Der Hund verstand nichts.

Als sie aus Westerland zurückkamen, schloss Merit Soerensen gerade die Haustür auf, Toby winkte ihnen und strahlte ihnen über das ganze Gesicht zu.

»Toby, Toby«, schrie Paula im Wagen, »ich habe einen Miller.«

»Paula, da platzt einem ja das Ohr«, sagte Justus, »das kann Toby doch nicht hören.«

Bengt brachte den Wagen zum Stehen, und sogleich öffnete Paula die Tür.

»Toby, ich habe einen Miller.«

Der Nachmittag verging schnell, die Kinder waren nur mit den Hunden beschäftigt und als Justus ihnen einen Becher Kakao machte, da waren sie gleich darauf wieder mit den Brüdern Miller und

Seff verschwunden. Merit fragte, ob sie Paulas Koffer ausräumen sollte.

»Ja, das wäre nett«, sagte Justus, »aber meinen räume ich selbst aus.«

»Kann ich aber auch machen«, sagte Merit Soerensen, »da hab ich kein Problem mit.«

»Glaube ich Ihnen, aber ich mache es schon selbst.«

Später, als sie bei einer Tasse Kaffee saßen, kamen Paula und Toby mit ihren Hunden, um zu zeigen, was Miller und Seff schon gelernt hatten. Aber so richtig klappte es noch nicht mit »Sitz« und »Gib Pfötchen, Seff«.

»Meine Mutter«, sagte Merit, »würde Sie gerne Sonntagmittag zum Essen einladen«, und mit einem Seitenblick auf Bengt Brodersen fügte sie an, »es gibt Sauerbraten.«

»Ja, ja«, riefen Paula und Toby im Chor.

»Da kommen wir sehr gerne, eine tolle Idee«, sagte Justus.

»Da werden wir schlemmen«, sagte Toby, und dann lieferten sich Paula und Toby einen Wortgesang im Wechsel.

»und pemmen«, sagte Paula.

»und jemmen«, sagte Toby.

»und memmen.«

»und temmen.«

Die beiden wollten sich ausschütten vor Lachen, während Seff und Miller die Entwicklung neugierig verfolgten und kleine, tänzelnde Schritte machten. Synchron zu ihrem Frauchen und Herrchen.

»und kemmen.«

»und bemmen.«

»und femmen.«

»Nun ist aber gut, Kinder«, sagte Merit, »außerdem müssen wir jetzt los, Toby, Lille wartet auf uns.«

»Lille?«, fragte Justus.

»Meine Mutter heißt so oder wird so genannt. Eigentlich heißt sie Elisabeth.«

»Meine Schwester hieß Lilly«, sagte Justus.

»und wemmen«, sagte Paula in die entstandene Stille.

22.

Als sie am Sonntag im Blumengeschäft standen und einen Strauß für Lille Tamm ausgesucht hatten, sagte Justus auf einmal: »Das ist doch gut, dann schenkst du Lille Tamm einen Strauß, und ich kaufe einen für Merit Soerensen. Und der Junge hat den Hund, der kriegt diesmal nichts.«

»Warum nicht, so machen wir das«, sagte Bengt Brodersen.

»Vielen Dank für die Einladung«, sagte Justus und »das ist ja ein süßes Haus«, als Lille Tamm und ihre Tochter Merit sie in ihr altes Rotklinkerhaus mit Reetdach baten. Als sie vorfuhren, hatten Mutter und Tochter gerade aus der Klöntür geschaut und ihnen zugewunken.

Die beiden Hunde machten kleine Sprünge um sie herum.

»Wie soll ich die denn auseinander halten?«, fragte Lille Tamm.

»Das ist Miller«, sagte Paula, »das sieht man doch sofort an dem großen Fleck auf der Stirn, den hat Seff nicht.«

»Ja, tatsächlich«, sagte Lille Tamm.

Dann standen sie in der Küche, an deren Wänden

tatsächlich noch die alten Friesenkacheln waren, für die Menschen heute viel Geld bezahlen mussten, wenn sie welche haben wollten.

»Die Kacheln sind ja ein Vermögen wert«, sagte Bengt und fuhr mit der Hand leicht über die Wand.

»Kommt drauf an, was man unter Vermögen versteht«, sagte Lille Tamm.

»Wann wurde das Haus gebaut?«, fragte Bengt.

»1863 und . . .«, sagte Merits Mutter.

»Und?«, fragte Justus.

»Und seitdem ist es in Familienbesitz und deshalb unverkäuflich.«

Bengt Brodersen hob abwehrend die Hände und sah Lille Tamm mit einem Lächeln an.

»Deswegen habe ich nicht gefragt«, sagte er.

»Ich weiß, ich weiß«, sagte Lille Tamm, »aber so viele Makler klopfen bei mir an. Sie schwärmen mir von der unverbaubaren Lage vor, von dem wunderbaren Blick aufs Wattenmeer. Sie reden zu mir, als wollten sie es mir verkaufen. Dabei wollen sie es mir nur abschnacken.«

»Es liegt wirklich einmalig«, sagte Bengt.

»Wer ist nun Miller?«, fragte Paula Lille Tamm.

»Na, der da«, sagte Lille Tamm und setzte sich auf den Boden, um Miller in den Arm zu nehmen. Sofort kam auch Seff und drängte sich an die Frau.

Merit öffnete eine Flasche Prosecco und goss vier Gläser voll. Sie stießen an.

»Würden Sie mir das Haus zeigen und den Garten?«, sagte Justus zu Merit.

»Ja, klar.«

»Wollen Sie auch mit?«, fragte Merit Bengt.

»Darf ich hier eine Zigarette rauchen?«, fragte er Lille Tamm.

»Natürlich«, sagte sie, »ich mach sogar mit.«

»Nö, dann nicht«, sagte Bengt Brodersen zu Merit Soerensen, »Justus kann mir dann hinterher berichten. Machst du doch, Justus, oder?«

»Wir kommen mit«, sagte Paula.

»Das Haus ist doch langweilig, lass uns in den Garten gehen. Da freuen sich die Hunde.«

»Ich will aber dein Zimmer mal sehen«, sagte Paula.

»Da gehen wir später hin«, sagte Toby.

»Okay, wenn du meinst«, und Paula folgte Toby, der sich bereits in Bewegung gesetzt hatte.

»Sie sind also der Mann, durch den Toby wieder spricht?« Lille Tamm versuchte im Gesicht von Brodersen Spuren des Jungen zu entdecken, für den sie einmal geschwärmt hatte. Aber sie konnte nichts entdecken.

»Wie?«, sagte Brodersen.

»Na, seitdem Merit bei Ihnen arbeitet und Toby mit Ihnen zusammen ist, ist der Junge wie verwandelt. Man konnte gerade zusehen, wie die Veränderung vor sich ging.«

»Zufall«, sagte Bengt.

»Zufall?«, sagte Lille.

»Glück?«, bot Bengt Brodersen an.

»Sagen Sie mir doch Bescheid, wenn Sie sich für

eine Erklärung entschieden haben«, Lille Tamm lächelte ihn entwaffnend an.

»Rauchen?«, fragte Bengt und zog seine Zigarettenpackung aus seiner Jacketttasche.

»Gern«, sagte Lille Tamm und gab ihm Feuer mit einem Streichholz, das sie auf einmal zusammen mit der Schachtel in der Hand hielt.

»Eigentlich ...«, sagte Bengt.

»Ich liebe es, Zigaretten mit Streichhölzern zu entzünden. Es ist so elegant«, sagte sie und stieß den Rauch aus, »ist denn der Sauerbraten seinerzeit gelungen?«

»Ja, ist er. Mit der Sauce hatte ich Schwierigkeiten. Ich bin mit der Mehlschwitze ein bisschen durcheinander geraten.«

»Schwarzbrot tut es auch ... zum Andicken, meine ich«, sagte Tobys Oma.

»Haben Sie bitte noch einen Schluck für mich?«, sagte Bengt und hielt sein leeres Glas hoch.

»Schuhe aus«, rief Lille Tamm, als sie hörte, dass die Kinder aus dem Garten zurückkamen, »und wischt den Kleinen die Pfoten ab. Entschuldigung«, sagte sie zu Bengt und eilte mit einem Tuch in der Hand zur Terrassentür.

Bengt hob den Deckel vom Topf, in dem der Sauerbraten vor sich hin köchelte. Auch die anderen Deckel hob er an. Kartoffeln und Rosenkohl. Wunderbar.

»Pottkieker, Pottkieker X«, sagte Toby hinter ihm, »Pottkieker X kriegt vom Essen nix.«

»Verrat mich nicht«, sagte Bengt und legte seinen Zeigefinger auf die Lippen, »ich sterbe für Sauerbraten mit Rosenkohl.«

»Ich sage nichts, bestimmt nicht«, Toby sah ihn ganz ernst an, »ich sage bestimmt nichts, Bengt.«

»Was ist hier los?«, Lille Tamm betrat den Raum und lächelte Toby an.

»Nichts«, sagte Toby, »oder hast du etwas gesehen, Seff?«

»Meine Oma war früher mal in deinen Opa verliebt. Vielleicht haben sie sogar geknutscht«, sagte Toby zu Paula und spießte einen Rosenkohl auf.

»Was ist ›geknutscht‹?«, fragte Paula.

»Wie?«, sagte Justus und legte Messer und Gabel zurück auf seinen Teller.

Sie saßen beim Essen, nachdem sich auch Merit und Justus nach der Hausbesichtigung wieder eingefunden hatten.

»Woher weiß er das?«, fragte Lille Tamm.

»Du hast gelauscht«, sagte Merit Soerensen zu ihrem Sohn, der rot anlief.

»Häh?«, sagte Bengt Brodersen.

»Was ist geknutscht?«, fragte Paula wieder.

»Es gab mal eine Zeit, Toby Soerensen«, sagte Lille Tamm, »da hast du wenig gesprochen, das war auch nicht so schlecht.«

»Mutter«, sagte Merit Soerensen.

Bengt Brodersen verschluckte sich und bekam einen Hustenanfall.

»Was war das, Toby? Deine Oma war in meinen Vater verliebt?«, sagte Justus.

»Ich ... ich ...«, Toby traten Tränen in die Augen, und er senkte den Blick auf seinen Teller.

»Ich finde, Toby hat Recht, eine solche Geschichte muss erzählt werden. Also, Frau Tamm, wie war das zwischen Ihnen und meinem Vater?«, sagte Justus und fuhr Toby durchs Haar.

»Ich weiß von nichts«, sagte Bengt Brodersen.

»Männer«, sagte Lille Tamm, »sind Sie hier auf Sylt zur Schule gegangen, Herr Brodersen?«

»Ja, drei oder vier Jahre, ich glaube, vier Jahre.«

»Also doch«, sagte Merit.

»Was ist geknutscht?«, sagte Paula.

»Küssen«, sagte Justus, »wenn man sich küsst, dann kann man auch sagen, ›man knutscht sich‹.«

»Ach was«, sagte Merit Soerensen.

»Also«, sagte Lille Tamm, »damals, als ich zur Schule ging, da ging in die Klasse über mir ein Junge, und der hieß Bengt Brodersen und ich habe den Namen nie vergessen.«

»Und?«, sagte Justus.

»Und ... und ... was und?«, sagte Lille Tamm und eine leichte Röte schoss ihr ins Gesicht, »in den war ich verschossen, für den Jungen habe ich geschwärmt. Und seinen Namen hab ich eben nicht vergessen. Bengt Brodersen. Das ist alles.«

»Was ist verschossen?«, fragte Paula.

Später, beim Kaffee, schleppte Lille Tamm ein altes Fotoalbum an.

Lille Tamm und Bengt Brodersen erzählten sich von ihren Schulerinnerungen, aber irgendwie passten die Erinnerungen zusammen.

Paula, Miller, Justus und Bengt blieben auch noch zum Abendbrot.

»Gehst du schon zur Schule, Paula?«, fragte Lille Tamm.

»Nein«, sagte Paula.

»Aber jetzt ist es bald soweit«, sagte Justus, »wir müssen nur noch entscheiden, wo wir uns niederlassen. Nach Amerika.«

»Du warst schon in Amerika?«, fragte Toby.

»Ich bin da geboren«, sagte Paula, »ich bin Amerikanerin. Stimmt doch, Papa?«

»Ja, das stimmt«, sagte Justus.

»Bist du von Amerika weggeflogen?«, fragte Toby und beugte sich vor.

»Nein, wir sind mit dem Schiff gekommen. Aber dann bin ich von dieser Stadt geflogen«, sagte Paula.

»Wir sind von London nach Hamburg geflogen«, sagte Justus.

»Ich bin auch schon geflogen, über Sylt und die anderen Inseln im Meer. Das war toll. Mit deinem Opa.«

»Das will ich auch«, sagte Paula, »sind hier viele Inseln im Meer?«

»Ja, ganz viele«, sagte Toby.

»Aber nur, wenn Miller und Seff mitdürfen«, sagte Paula.

»Das dürfen sie wohl nicht«, sagte Toby, »weil der Pilot sich konzentrieren muss.« Er schaute zu Bengt hin, der nickte.

»Dann will ich nicht fliegen«, sagte Paula.

»Kommen Sie doch einfach am 21. Dezember zur großen Weihnachtsfeier in Tobys Schule«, sagte Lille Tamm, »wer weiß, Paula, nachher gehst du noch hier auf Sylt zur Schule.«

»Das wäre toll«, sagte Toby.

»Das ist eine richtig schöne Feier«, sagte Lille Timm, »Eltern, Verwandte und Freunde sind eingeladen. Alle bringen für ein großes Büfett etwas mit. Aber das Schönste ist, es gibt ein tolles Programm, jedes Kind kann, wenn es will, etwas vortragen.«

»Und was trägst du vor?«, fragte Paula Toby.

Toby starrte Paula an, dann sprang er auf, lief aus der Küche und schlug die Tür zu. Seff fiepte. Merit Soerensen wollte aufstehen, um ihrem Sohn nachzugehen.

»Hab ich was gemacht?«, fragte Paula.

»Nein«, sagte Merit zu Paula und streichelte ihren Kopf, »ist alles in Ordnung.«

»Einen Moment noch«, sagte Bengt, »ich gehe gleich, das ist eine Sache zwischen Männern.«

Nun kam Bengt Brodersen doch noch zu seiner Hausbesichtigung, denn er fand Toby weinend in seinem Zimmer im ersten Stock.

»Das sind ja tolle Flieger«, sagte Bengt, als er den Raum betrat. Ihm fiel das Pilotenspiel ein, das würde er dem Jungen zu Weihnachten schenken.

Irgendwie hatte es Seff geschafft, aus der Küche zu entwischen und zu seinem Herrchen zu laufen. Bengt nahm den Welpen hoch und setzte ihn aufs Bett. Dann zog Brodersen einen Stuhl heran und setzte sich.

»Das sind ja tolle Flieger«, wiederholte sich Brodersen.

»Hab ich alle selbst gebaut«, sagte Toby und sah Bengt an.

»Du bist sehr geschickt, Toby.«

»Ich will Pilot werden.«

»Ich weiß ... ich weiß. Und wo lag eben, als du raus gelaufen bist, das Problem? Hatte das mit der Feier zu tun, von der deine Oma erzählte?«

Der Junge kraulte seinen Hund an den Ohren, dann küsste er den Kopf.

»Ach, diese blöde Weihnachtsfeier«, sagte Toby leise.

»Wieso ist die blöde? Nach dem, was deine Oma erzählte, hörte es sich doch ganz spaßig und gemütlich an«, sagte Bengt.

»Ja schon, nur alle tragen immer etwas vor ... und ... und ... stehen da auf der Bühne und werden beklatscht. Und wenn dann Paula ...«, Toby vergrub sein Gesicht in dem kleinen Hund.

»Dann führst du eben auch etwas vor«, sagte Bengt.

»Ich?«

»Genau du. Oder meinst du, ich sollte ...?« Bengt ließ den Satz in der Luft hängen.

Toby lachte, schob den Hund ein wenig zur Seite und setzte sich dann auf.

»Aber ich kann doch nichts. Ich spiele kein Instrument. Und die anderen proben schon.«

»Und wenn du eine Ausstellung mit deinen Flugzeugen machst?«

»Ach Quatsch«, entfuhr es Toby, »Entschuldigung, aber die kann man doch von der Bühne aus nicht sehen. Und dann ist das auch noch langweilig. Soll ich da oben brumm, brumm machen?«

»Da hast du Recht«, sagte Bengt, »das war wohl kein sehr kluger Vorschlag. Aber irgendetwas kannst du schon machen.«

»Aber was?«, fragte Toby.

»Wie wär's . . . wie wär's . . . wie wär's mit einem Gedicht, mit einem wunderschönen Gedicht?«

»Ooch . . . nein . . . die Weihnachtsgedichte sind schon verteilt. Man musste sich melden, Frau Mackenroth hat denen, die nichts wussten, geholfen.«

»Toby, ich hab eine Idee, eine Bombenidee, jetzt weiß ich, was wir machen«, Brodersen war ganz aufgeregt von seiner Idee, »das wird Klasse, das war noch nie da.«

»Und was ist das?« Toby blickte Brodersen an.

»Ich kenne zufällig Deutschlands besten Lyriker, Robert Gernhardt.«

»Was ist ein Lyriker?«

»Das ist ein Mensch, der Gedichte schreibt.«

»Und das macht dieser Roland Gernhardt.«

»Nicht nur, und er heißt Robert Gernhardt, Robert, nicht Roland.«

»Also gut, Robert.«

»Er schreibt nicht nur wunderschöne Gedichte, die dich zum Lachen oder auch zum Nachdenken bringen, er schreibt auch Geschichten, er zeichnet und malt. Aber vor allen Dingen hat er einen Witz, da kann man nur staunen. Verstehst du, er sieht die Welt aus einem anderen Blickwinkel, ach, was rede ich. Du kennst doch den Komiker Otto?«

»Ja klar.«

»An dessen Filmen hat Robert Gernhardt auch mitgearbeitet. Damit sie richtig lustig werden.«

»Und was soll der tun?«, fragte Toby.

»Ich rufe ihn an und frage ihn, ob er extra für dich ein Weihnachtsgedicht dichtet. Dann hast du etwas, was du vortragen kannst, etwas, was noch nie da war.«

»Das wird der nie machen. Wenn er so berühmt ist, dann hat der gar keine Zeit für ...«, sagte Toby.

»Doch«, sagte Brodersen, »wenn er das möglich machen kann, wird er es tun.«

»Für mich?«

»Ja, für dich.«

»Warum sollte er das tun?«

»Weil er Menschen mag, deshalb schreibt er auch über sie, über Menschen wie dich und mich und wie er einer ist.«

»Aber er kennt mich doch gar nicht.«

»Das stimmt, Toby«, sagte Brodersen und streichelte die Wange des Jungen, »aber in einer gewissen Weise muss man dich nicht unbedingt kennen, um dich zu mögen.«

»Das wäre ja toll«, sagte Toby, »ein Gedicht nur für mich.«

»Du sprichst mit deiner Lehrerin, dass du etwas vortragen wirst, sagst ihr aber nicht was, sondern dass es eine Überraschung ist. Ich spreche mit Robert Gernhardt. Wenn das Gedicht da ist, üben wir es zusammen. Deiner Mutter und Oma sagen wir ebenfalls nichts.«

»Auch nicht Paula und deinem Sohn. Das ist eine Überraschung. Versprochen?«

»Versprochen.«

»Und du verrätst auch nichts, Seff«, sagte Toby.

23.

»Gehebe-Gernhardt.«

»Mein Name ist Brodersen. Hallo Almut, wie geht's dir?«, fragte Brodersen ins Telefon, nachdem er die Frankfurter Nummer gewählt hatte.

»Ah, da schau her, der Herr Broderen, ja, wie soll's gehen? Der Dichter dichtet, Bella ist unruhig und gleich machen wir unseren Spaziergang, ich warte nur noch auf Robert. Die Zwischenräume fülle ich im Augenblick damit aus, dass ich mich mit der Steuer rumärgere. Und selbst, was macht der hohe Norden? Hast du Eiszapfen an der Nase? Wie auch immer, wir kommen dich besuchen.«

»Nun ja, der hohe Norden. Ich lebe mich ein und wundere mich im Augenblick, wie gut es klappt.«

»Na gut für dich, Robert und ich haben manchmal gedacht, ob das vielleicht nur eine Stimmungsentscheidung war, aber gut das zu hören. Ah, da kommt Robert aus seinem Atelier, ich geb weiter ... und, Bengt, wir kommen ... mach's gut ... pass auf dich auf.«

»Gernhardt.« Robert Gernhardt unterließ es nie, sich mit seinem Nachnamen zu melden, auch wenn er wusste, wer ihn am anderen Ende der Leitung erwartete. Das war ein Resultat seiner Manieren, die es ihm verboten, sich mit einem einfachen »Hallo«, ohne Nennung seines Namens, zu melden.

»Brodersen. Robert, wie geht es dir, was macht die Zeilenschmiede?«

»Ach, ich wünschte, ich könnte sie häufiger aufsuchen. Eigentlich bin ich gerade von einer Reise aus Würzburg zurück, wo ich vor Studenten über die Poetologie gesprochen habe. Das hat viel Spaß gemacht, die Menschen waren interessiert, aber es hält auf. So hab ich als alter Zugfahrer im Abteil gedichtet ... und du?«

Bengt berichtete von seinem Umzug nach Sylt, von den ersten Wochen auf der Insel, und er erwähnte auch Toby.

»Aber das Schönste ist, Robert, Justus ist hier. Er ist zurück und wir ...«

»Bengt«, sagte Robert Gernhardt, »so etwas macht mir den Tag schön.«

»Wieso macht ihr euch einen schönen Tag ohne mich?«, hörte Bengt die Stimme von Almut im Hintergrund sagen.

»Grüß Justus ganz herzlich von mir«, sagte Robert Gernhardt, »kann ich etwas für dich tun, Bengt?«

»Oh, ja, das kannst du, Robert«, sagte Bengt Brodersen und rückte mit seiner Idee heraus und erzählte die Geschichte von Toby.

»Ich habe übrigens am 13. Dezember, Gott sei Dank kein Freitag, im Hamburger Literaturhaus eine Lesung, vielleicht ergibt sich ja daraus eine Möglichkeit. Auf jeden Fall, Bengt … I'll do my very best …«

»Und was hat Herr Gernhardt dann gesagt?« Toby saß mit Bengt im Arbeitszimmer und starrte ihn an.

»Er wird's machen, Toby, und sein Bestes geben. Er sagte noch, er hoffe, es falle ihm auch etwas ein, aber das, Toby, das wird schon passieren. Robert Gernhardt fällt immer etwas ein. Das weiß ich.«

»Ach, hier seid ihr?« Die Tür zu Bengts Arbeitszimmer ging auf und herein kamen Paula und Miller, »und was macht ihr? Und warum macht ihr die Tür zu?«

»Das ist eine Überraschung«, sagte Toby. Seff gab einen kleinen Laut von sich.

»Ohne mich?« Paula kam näher und sah überhaupt nicht glücklich aus. »Für mich hat wohl niemand Zeit? Mein Vater und deine Mutter sprechen die ganze Zeit in der Küche über irgendetwas und kichern immer. Und ihr sitzt hier und macht Überraschungen.« Miller fiepte ein bisschen.

»Paula«, begann Toby, »es ist so, dass …«, Hilfe suchend schaute er auf Brodersen.

Entschlossen stand Brodersen auf. »Na, das könnt ihr zwei ja unter euch besprechen. Überraschungen und Geheimnisse. Paula, wir beide machen aber doch unseren Abendspaziergang mit Miller, wenn Toby und seine Mutter nach Hause gehen?«

»Ja natürlich«, Paula schaute ihren Opa fragend an.

»Na, bitte«, sagte Bengt Brodersen, »dann ist ja alles klar.«

Er zog die Tür zu und dachte, manchmal ist doch Flucht eine ganz einfache und kluge Entscheidung. Sollen die zwei doch mit sich zurecht kommen, soll Toby Paula erklären, warum sie nicht eingeweiht ist. Ich bin doch nur ein alter Mann.

Bengt Brodersen öffnete die Küchentür, um sich ein Glas Wein zu holen, und hielt in der Bewegung inne.

Ziemlich dicht beieinander stehend erzählten sich Merit Soerensen und sein Sohn Justus etwas. Sie nahmen Bengt überhaupt nicht zur Kenntnis.

Leise zog Brodersen die Tür zu und verharrte einen Moment davor.

»Dann eben nicht«, sagte er zu sich selbst, »dann gehe ich eben nach oben aufs Klo und rauche eine Zigarette.«

Am 12. Dezember brachte der Postbote einen großen braunen Umschlag mit dem Absender »Robert Gernhardt«.

Bengt Brodersen riss den Umschlag voller Ungeduld auf, doch zu seiner Überraschung befanden sich darin zwei weitere Umschläge.

Einer war an ihn adressiert, der andere mit dem Vermerk »Persönlich« und »Vertraulich« war an »Herrn Toby Soerensen« adressiert.

Bengt Brodersen nahm den an ihn gerichteten Brief aus dem Umschlag und begann zu lesen.

Robert Gernhardt, Frankfurt

Lieber Bengt,

ich sehe das Runzeln auf deiner Stirn, aber du bist raus aus dem Spiel. Der andere Umschlag ist für Toby, und du darfst den Brief nicht lesen.

Du hast das Postgeheimnis zu wahren!

So wie ich dich kenne, würdest du jetzt bestimmt allzu gern argumentieren, dass man ein Geheimnis nur dann wahren kann, wenn man weiß, was man zu wahren hat. Aber damit kommst du bei mir nicht durch.
Also, der Brief an Toby enthält das Gedicht und du sollst es aus bestimmten Gründen nicht sehen, denn ein kompetenter Mensch muss mit dem Jungen darüber sprechen. Und bist du kompetent?
Nein, in diesem Fall nicht, denn ich habe das Gedicht geschrieben. Also werde ich es auch sein, der mit Toby darüber spricht.
Toby, der ja, wie du mir erzählt hast, schon sehr gut lesen kann, soll sich erst einmal mit dem Text vertraut machen.
Alles Weitere werde ich dann mit ihm durchgehen.

Wie du weißt, habe ich am 13. Dezember abends eine Lesung im Hamburger Literaturhaus, danach werde ich mit einem Rudel Groupies Rotwein trinken, am nächsten Morgen aber artig aufstehen und um 12 Uhr 47 in Westerland eintreffen.
Ich bitte dich, mich von dort abzuholen und mich kurz darauf mit Toby Soerensen bekannt zu machen.
Toby und ich haben dann zu arbeiten, und es wäre schön, wenn du uns ein Zimmer für uns allein zur Verfügung stellen würdest.
Das ist doch wohl nicht zu viel verlangt, wo du schon den Brief nicht lesen musst?

Wie immer herzlichst,
dein Robert

PS 1 Selbst wenn der Junge dir in seiner Gutherzigkeit das Gedicht zeigen will, wirst du das ablehnen, weil du ein Ehrenmann bist.

PS 2 Denk mal über Folgendes nach: Sag mal »Der Hahn, der Hahn und nicht die Henne«, eine Sprachneckerei in der Tat. Aber sie schult und macht vielleicht dein Pensionärsgehirn fit für den Tag des Gedichts.

PS 3 Und bitte besorge für mich die Telefonnummer der Lehrerin, ich habe etwas mit ihr zu besprechen.

PS 4 Schade nur, dass Almut nicht mit dabei ist. Aber das holen wir nach.

PS 5 Es wäre sehr überzeugend, wenn du für den Abend einen sehr guten Rotwein bereithalten könntest.
So, das war's.
RG

Und so geschah es denn auch. Bengt Brodersen holte Robert Gernhardt am Westerländer Bahnhof ab und fuhr mit ihm nach Kampen. Brodersen zeigte ihm das Haus, und er zeigte Robert Gernhardt das Zimmer, in dem er nächtigen sollte.

Kurz darauf dann lernten sich Robert Gernhardt und Toby Soerensen kennen und verschwanden in Bengt Brodersens Arbeitszimmer, um zu arbeiten.

Wie der Dichter behauptete.

24.

Es war, als ob der 21. Dezember wusste, dass er als ein großer Tag in das Leben einiger Menschen eingehen würde, und er präsentierte sich als ein Tag mit strahlend blauem Himmel und einer strahlend hellen Sonne. Eine Sonne so schön, wie es sie nur auf Sylt im Winter gibt.

Paula, Miller, Justus und Bengt hatten versprochen, Toby, seine Mutter und Oma in Braderup abzuholen, die Hunde würden für die Dauer der Feier von einer Nachbarin gehütet. Als sie ankamen, hatte Toby einen hochroten Kopf, seine Lippen bewegten sich, aber er murmelte nur Unverständliches, dabei war er in sich gekehrt und nahm die anderen nicht zur Kenntnis.

Bengt hatte Massen von Krabbensalat bei Gosch gekauft und zehn Baguettes, das sollte ihr Beitrag zum Büfett sein. Merit und ihre Mutter hatten Frikadellen gebraten und Kartoffelsuppe gekocht.

Als sie alles im Wagen verstaut hatten, fuhren sie los. Beim Einsteigen warf Bengt Toby einen aufmunternden Blick zu: »Was immer du auch machst, es wird toll werden.«

Toby nickte.

»Worum geht es?«, fragte Lille Tamm.

Toby und Bengt schauten sie an, ohne etwas zu sagen.

»Sprechen Sie genau wie Toby auch nicht mehr mit mir.« Lille Tamm hatte einen fröhlichen Unterton in der Stimme. »Seit Tagen zieht sich Toby auf sein Zimmer zurück und macht da irgendetwas.«

»Vielleicht ist es eine Ü . . .«, sagte Paula, aber weiter kam sie nicht. Bengt schnitt ihr das Wort ab. »Eine Übernächtigung«, sagte er.

»Eine was?« Lille Tamm schaute ihn an.

»Einsteigen jetzt«, sagte Bengt, »wir müssen los.«

Im Vorraum der Aula war ein unsagbarer Lärm, Kinder bliesen in Blockflöten, zupften an Gitarren, ließen sich von ihren Eltern abhören und einer verbeugte sich mehrmals, so als hätte er seinen Auftritt schon hinter sich.

Mit Weihnachtspapier geschmückte Tapeziertische bogen sich unter den Schüsseln voll von Essen und Kuchenplatten. Weiter links war eine Bar aufgebaut, wo man Getränke kaufen konnte, der Überschuss würde der Schulkasse zugute kommen.

Eine Frau kam auf sie zu und begrüßte Merit Soerensen und ihre Mutter sehr herzlich, dann beugte sie sich vor und flüsterte Toby etwas ins Ohr, der darauf heftig mit dem Kopf nickte.

Die Frau richtete sich wieder auf und streckte Brodersen die Hand hin.

»Moin, Moin, Gerlind Mackenroth, ich bin Tobys Lehrerin und werde Sie alle heute durch das Programm führen. Und Sie sind bestimmt Herr Brodersen.«

»Ja«, sagte Bengt und schüttelte ihre Hand, »das sind meine Enkelin Paula und mein Sohn Justus.«

»Schön, schön«, sagte Gerlind Mackenroth, fuhr Paula über den Kopf und schüttelte Justus die Hand, »nun muss ich mich aber beeilen. In einer Viertelstunde geht es los. Dann viel Spaß Ihnen allen.«

Wenig später erklang aus der Anlage, die auf der Bühne aufgebaut war, Weihnachtsmusik. Dann brach sie ab und ein Lehrer machte eine Tonprobe. »Eins, eins, eins«, sagte er in ein Mikrophon. Alles schien in Ordung, denn wenig später setzte die Weihnachtsmusik erneut ein.

Und dann ging es los. Frau Mackenroth forderte nun über das Mikrophon alle auf, die Plätze einzunehmen.

»Ich setze mich zu meinen Klassenkameraden«, sagte Toby genau in dem Moment, als sie ihre Reihe erreicht hatten, und drehte ab.

»Aber Toby«, sagte Merit Soerensen, doch ihr Sohn war schon verschwunden.

Es dauerte einige Zeit, bis Ruhe eingekehrt war, dann betrat die Leiterin der Schule die Bühne und begrüßte Eltern, Verwandte und Schüler herzlich, forderte sie auf, mit Applaus nicht zu geizen, da sich alle Kinder eine unglaubliche Mühe gegeben hätten, um ein buntes Programm zusammenzustellen.

»Bei dem Applaus für mich können Sie schon mal üben«, sagte sie dann, »denn jetzt bin ich fertig mit dem, was ich sagen wollte. Ich wünsche Ihnen allen viel Spaß und gebe jetzt die Bühne frei für unsere Künstler.«

Applaus brandete auf, einige trampelten mit den Füßen und irgendjemand rief »Zugabe«.

Frau Mackenroth ergriff das Mikrophon und erklärte kurz, wer nun die Bühne betreten würde und was zu erwarten war.

Drei Mädchen und drei Jungen betraten die Bühne, einer der Jungen nahm am Flügel Platz.

Als es ganz ruhig war, sang der kleine Chor »Stille Nacht«.

Kaum war der letzte Ton verklungen, applaudierte das Publikum wie wild. Es wurde wieder still, als eines der Mädchen vortrat und die Weihnachtsgeschichte vorlas.

Danach sangen sie »White Christmas« und Paula sang mit.

Im Anschluss betraten zwei Clowns die Bühne, die nur verzweifelt versuchten, einen Tannenbaum von einem Ende der Bühne zum anderen zu tragen. Vor allem die kleinen Kinder kreischten vor Vergnügen. »Die sind ja richtig gut«, sagte Justus. Und er hatte Recht.

Das Publikum hatte sich mittlerweile eingeklatscht und alle, die etwas vortrugen, waren glücklich, dass sie sich so häufig verbeugen mussten. Und jeder Vortragende wurde natürlich auch mit Zugaberufen belohnt.

Frau Mackenroth führte mit leichter Hand durch das Programm, und natürlich war nicht alles gelungen, was vorgetragen wurde. Aber das Publikum war begeistert und wollte begeistert bleiben.

So wurde auch der nicht sehr überzeugende Rapper gefeiert, genauso wie die drei Mädchen, die sich über Jungs und Weihnachten unterhielten, während sie sich in ihrem kleinen Stück die Fußnägel lackierten.

»So, jetzt kommen wir zum Ende des Programms, ich höre schon Mägen knurren. Allerdings«, hier machte Frau Mackenroth eine bedeutungsvolle Pause, »allerdings ist der letzte Vortrag mit einem Rätsel verbunden. Und bevor das nicht gelöst ist, gibt es nichts zu essen und zu trinken.«

»Gemein«, riefen ein paar Leute aus dem Publikum.

»Nein«, sagte Gerlind Mackenroth, »das ist nicht gemein. Auch das Publikum muss aktiv sein. Also, liebe Leute, es liegt an euch, doch bevor ich die Bühne freigebe, möchte ich noch etwas erzählen.«

Und dann erzählte Frau Mackenroth kurz die Geschichte, dass der Lyriker Robert Gernhardt extra für ein Kind dieser Schule ein Gedicht geschrieben hatte, dass das Publikum also eine Premiere zu erwarten hätte. »Aber«, sagte sie dann ins Mikrophon, »Sie haben nicht nur eine Premiere zu erwarten, sondern zwei, denn der Junge, der Ihnen jetzt etwas vortragen wird, hat noch nie etwas vorgetragen. Aber jetzt hat er sich durchgerungen. Bühne frei für Toby Soerensen.«

»Was?«, sagte Merit Soerensen.

»Was«, sagte Lille Tamm, sie sah Bengt Brodersen an, »haben Sie das gewusst?«

»Eigentlich nicht«, sagte Bengt Brodersen.

»Was heißt denn ›eigentlich‹?«, sagte Lille Tamm.

Eine mit einem Tuch verhüllte Tafel wurde auf die Bühne getragen, Frau Mackenroth schnappte sich einen Zeigestock und stellte sich wie ein aufrechter Zinnsoldat mit Gewehr daneben.

Als Toby die Bühne betrat, begrüßte ihn das Publikum mit Applaus.

»Da ist ja Toby«, rief Paula.

»Das halte ich nicht aus«, sagte Merit Soerensen.

Toby verbeugte sich und fing an zu sprechen.

»Lauter«, rief jemand. Toby blickte verwirrt ins Publikum und fing nochmals von vorne an. Der Tonmeister kam auf die Bühne geeilt, denn das Mikrophon war viel zu hoch für Tobys Größe.

»Oh, mein Gott«, sagte Merit Soerensen.

Aus den Lautsprechern kam ein Quietschton.

»So, jetzt noch einmal«, sagte Frau Mackenroth zu Toby.

»Einen Moment noch«, sagte der Tonmeister, »das war 'ne Rückkopplung, aber das haben wir gleich.« Er schob an einem Regler herum.

»So, jetzt«, sagte er zu Toby.

»So, jetzt noch mal in aller Ruhe, Toby«, sagte Frau Mackenroth.

Toby holte tief Luft und hielt seinen Mund dicht ans Mikrophon.

»Guten Abend«, sagte er, »mein Name ist Toby Soerensen.«

Weiter hinten lachte jemand.

Aber Toby ließ sich nicht beirren. »Mein Name ist Toby Soerensen und ich trage ein neues Gedicht ... äh ... ich meine, ich trage ein Gedicht von Robert Gernhardt vor, das er extra für uns geschrieben hat. Aber es ist nicht einfach nur ein Gedicht, sondern es ist auch ein Rätsel.«

»Der Junge spricht auf der Bühne«, sagte Lille Tamm zu Brodersen.

»Ja, das höre ich«, sagte Bengt Brodersen.

Aber er sah auch, dass sein Sohn Justus die Hand von Merit Soerensen nahm, sie drückte und nicht wieder losließ.

»Dann fange ich jetzt mal an«, sagte Toby, »mit dem Gedicht, meine ich.

Was ihr gleich hört,
ist ein Weihnachtsgedicht,
bei dem man etwas raten kann.
Ich sag schon jetzt: Leicht wird es nicht.
Gesucht wird ein besonderer Mann:
also aufgepasst!

Wer stapft da durch den Winterwald?
Es ist ein Mann mit Bart, sprich: alt.
In einer Hand hält er was fest.
Halb scheint's ein Sack. Halb ist's ein Rest.
Nun schwenkt er den durch Wald und Nacht.
Ach je, wer hat den leer gemacht?
›Caramba auch!‹ schreit er besessen,
›Hab ihn ja selber leergefressen!
Tausende von Schokobohnen
Sollten brave Kinder lohnen,
Mengen schöner süßer Sachen
Alten Menschen Freude machen.
Naschsucht trieb mich zur Verzehrung:
Na! Wird das eine Bescherung?!

So. Hier endet mein Gedicht,
doch das Weihnachtsrätsel nicht.
Nein, ich frag nicht nach dem Mann,
den wohl jeder raten kann.
Vielmehr frag ich, wo er steckt.
Durch sein Vielfraßsein erschreckt,
hat sich unser Held verkrochen,
ganz versteckt. Der arme Mann!
Fangt schon mal zu suchen an.
Wo? Ich sag nur: Im Gedicht.
Aber mehr verrat ich nicht.
Also nachdenken!«

Kaum hatte Toby geendet, liefen Kinder durch die Reihen und verteilten das Gedicht. Die Leute wussten nicht, was sie zuerst tun sollten, applaudieren oder nach dem Papier greifen.

»Toby ist toll«, sagte Paula.

»Ich weine, Bengt Brodersen«, sagte Lille Tamm und lehnte ihren Kopf an seine Schulter. Das Publikum applaudierte und applaudierte, zwischendurch starrten die Menschen auf das Stück Papier.

»Wen sollen wir suchen«, riefen einige, »einen Mann?«

»Nein, sein Versteck«, sagte Toby ins Mikrophon.

»Und wo steckt der?«, schrien die Leute.

»Ist das ein Kreuzworträtsel?«, fragte ein Mann neben Bengt Brodersen.

»Weihnachtsmann«, rief jemand.

»Schon richtig«, sagte Frau Mackenroth, »aber wo steckt er?«

»Im Wald«, riefen einige.

»Nein«, sagte Frau Mackenroth.

»Im Gedicht«, sagte Toby durch das Mikrophon.

»Hä . . . wie im Gedicht?«, riefen die Leute.

»Toby«, sagte Frau Mackenroth in das Mikrophon, »das ist zu schwer für die Leute, wir erklären es ihnen.«

»Okay«, sagte Toby.

»Aufgepasst«, rief Frau Mackenroth, nahm den Zeigestock und zog ganz vorsichtig an dem Tuch, das die Tafel verhüllte.

Toby lächelte sie an und begann zu sprechen.

»Das Rätsel liegt im Mittelteil des Gedichts. Ich meine die zweite Strophe.«

Und Toby begann, mit viel Betonung auf den Anfangsbuchstaben, die zweite Strophe noch einmal vorzutragen, während Frau Mackenroth das Tuch von der Tafel zog, auf der der Text geschrieben stand. Dabei zeigte sie mit dem Stock auf den ersten Buchstaben einer jeden Zeile, der zudem noch etwas fetter geschrieben war.

Wer stapft da durch den Winterwald?
Es ist ein Mann mit Bart, sprich: alt.
In einer Hand hält er was fest.
Halb scheint's ein Sack. Halb ist's ein Rest.
Nun schwenkt er den durch Wald und Nacht.
Ach je, wer hat den leer gemacht?
»**C**aramba auch!« schreit er besessen,
»**H**ab ihn selber leergefressen!
Tausende von Schokobohnen
Sollten brave Kinder lohnen,
Mengen schöner süßer Sachen
Alten Menschen Freude machen.
Naschsucht trieb mich zur Verzehrung:
Na! Wird das eine Bescherung?!«

Nach der dritten Zeile wussten die ersten Zuhörer, worum es ging, und immer mehr Leute riefen ganz laut »Weihnachtsmann, Weihnachtsmann, Weihnachtsmann«, bis Toby geendet hatte.

»Und weil Sie alle sein Versteck erraten haben, ist er jetzt hier. Bravo Toby und Willkommen Weihnachtsmann«, rief Frau Mackenroth.

Die Menschen im Saal klatschten, trampelten und pfiffen, so laut sie nur konnten. Aus den Lautsprechern erscholl Weihnachtsmusik und Toby verbeugte sich.

Die Tür im Rücken des Publikums öffnete sich und mit einem prall gefüllten Sack, zwei Helfern und einem lauten »Ho, Ho, Ho . . .« betrat der Weihnachtsmann die Aula.

Bengt Brodersen spürte, wie Lille Tamm ihre Hand auf die seine legte.

»Dann kann jetzt ja Weihnachten kommen«, sagte er.

»Und auch ein neues Jahr«, sagte Lille Tamm.

Ende